기적이 일어나는 시간 49

기적이 일어나는 시간, 49

서해문집 청소년문학 023

초판 1쇄 발행 2023년 2월 8일
초판 2쇄 발행 2023년 7월 10일

지은이   김영리
펴낸이   이영선
책임편집   차소영

편집   이일규 김선정 김문정 김종훈 이민재 김영아 이현정 차소영
디자인   김회량 위수연
독자본부   김일신 정혜영 김연수 김민수 박정래 손미경 김동욱

펴낸곳 서해문집 | 출판등록 1989년 3월 16일(제406-2005-000047호)
주소 경기도 파주시 광인사길 217(파주출판도시)
전화 (031)955-7470 | 팩스 (031)955-7469
홈페이지 www.booksea.co.kr | 이메일 shmj21@hanmail.net

ⓒ김영리, 2023
ISBN 979-11-92085-92-0 43810

기적이 일어나는 시간 49

김영리 장편소설

서해문집

49

학교는 지옥이다. 나에게는 그랬다.

그래봤자 이미 지나간 과거였다. 미래가 보이지 않는 끔찍한 현재를 버틸 수 있는 건, 과거의 지옥이 하루하루 나에게서 멀어져가고 있다는 위안 때문이었다.

흔히 지나간 바람은 차갑지 않다고들 한다. 그 말은 내게 부적과도 같았다. 세상 모두에게 시간이 공평하게 흘러가듯, 내게도 과거는 분명 지나간 바람이었다. 그런 줄 알았다. 그런데 시간을 거슬러 나의 지옥으로 돌아왔다.

왼쪽 가슴께에 초록색 명찰이 실로 촘촘히 박혀 있었다. 유주연. 심장이 빠르게 뛰었다. 머리카락을 쥐어뜯자 손가락 사이에 걸리는 머리카락이 까맸다.

"이게 뭐야."

생각을 소리로 뱉는 순간 따가운 시선이 쏟아졌다. 그런데 왜 모두 한 칸씩 띄어 앉은 거지?

앞을 보니 칠판에 단정한 글씨체로 '7월 12일 목요일 2교시 경제'라고 적혀 있었다. 헛웃음이 나왔다. 갑자기 학교로 끌려와서 시험을 본다고? 불길 한가운데에 던져진 것처럼 숨이 쉬어지지 않았다. 목까지 채워진 단추를 풀고 나서야 비로소 내가 입은 옷이 눈에 들어왔다. 교복이었다. 똑같은 교복을 입은 애들이 똑같이 시험지에 고개를 박고 있었다. 눈을 감았다. 하나, 둘, 셋…… 열까지 세고 나서 다시 눈을 떴다. 여전히 학교였다. 조용한 가운데 에어컨 돌아가는 소리만 들렸다.

머리가 지끈거렸다. 몇몇 장면들이 빠르게 스쳐 갔다. 이곳으로 오기 직전 무슨 일이 있었는지 조금씩 기억났다. 믿을 수가 없었다. 절망이 입에서 줄줄 흘렀다.

"이건 아니잖아."

"유주연! 경고다. 조용히 해야지."

칠판 앞에 서 있던 여자가 소리쳤다. 낯선 듯 익숙한 얼굴이었다. 순간 머릿속으로 한 가지 생각이 스쳐 지나갔다. 2학년 담임?

담임 얼굴을 다시 보다니, 현실일 리가 없었다. 입이 바짝 말랐다. 내가 지금 열여덟 살이라고? 그것도 그 많은 날들 중에서도 하필 7월 12일이라고?

"씨발. 내가 왜, 왜 학교야."

"유주연!"

담임이 빠르게 다가와 내 어깨를 잡았다. 촉감이 느껴졌다. 허벅지를 꼬집지 않아도 알 수 있었다. 이건 악몽 따위가 아니다.

"선생님, 제가 왜 여기 있어요. 여긴 학교잖아요."

목소리 끝이 떨렸다. 담임이 미간을 찌푸렸다.

"애가 갑자기 왜 이래. 일단 조용히 하고, 시험 끝나면 교무실로 따라와."

심장이 빠르게 뛰는 게 느껴졌다. 시험이 끝날 때까지 가만히 앉아 기다릴 수는 없었다. 내가 앉은 자리는 교실 뒤편에 가까웠다. 담임이 칠판 쪽으로 몸을 돌리자마자 나는 자리에서 일어나 뛰었다. 뒷문 쪽으로. 하지만 뒷문을 열어젖힌 순간, 복도에 놓인 책상과 거기 앉아 있는 아마도 선생님일 어떤 여자가 보였다.

"화장실?"

툭 날아오는 질문을 무시하고 뛰쳐나가려 하자 여자 선생님이 뭐라고 소리치는 게 들렸다. 쟤, 체육쌤, 무슨, 잡아요…….

곧 누군가가 내 팔을 붙들었다. 팔을 비틀어 빼려고 몸부림치는데, 단단한 팔은 꿈쩍 않고 나를 다시 교실 뒷문에 데려다 놓았다. 열린 뒷문 틈으로 이쪽을 힐끔대는 몇몇 아이들과, 소란에도 아랑곳없이 시험지를 푸는 애들이 보였다.

담임이 말했다.

"김 선생님, 걔 좀 데리고 나가주세요. 시험 중인데 자꾸 소동을 피우네요."

체육 선생님인 듯한, 김 선생님이라 불린 남자가 더 말하지 않아도 알겠다며 고개를 끄덕였다. 다시 질질 끌려가기 전에 나는 있는 힘껏 팔을 잡아당겼다. 순간 팔을 붙들고 있던 힘이 사라지면서 뒤로 나뒹굴 뻔했지만 간신히 중심을 잡고 무작정 앞을 향해 뛰었다. 그런데 책상에 앉아 있던 어떤 남자애가 뭐라 소리칠 틈도 없이 갑자기 몸을 숙였다. 바닥에 떨어진 무언가를 주우려는 듯이. 그걸 급히 피하려다 발이 엉켰다. 균형을 잃은 몸이 기울어졌다. 넘어진다는 생각에 팔이 제멋대로 뻗어나가 뭐든 붙들려 했지만, 오히려 밀쳐버리고 말았다. 요란한 소리를 내며 책상도, 나도 엎어졌다. 필통이며 필기도구, 시험지가 죄다 바닥으로 떨어졌다. 엉거주춤 바닥에 손을 짚은 채 고개를 들자 엉망이 된 책상 주인과 눈이 마주쳤다. 그 애였다. 고정우.

"네가 어떻게……."

정우를 본 순간, 나는 다리에 힘이 빠져 그대로 주저앉아 있었다. 이어 뒤쪽에서 기다렸다는 듯 어떤 목소리가 외쳤다.

"선생님, 저기요. 고정우 자리에 커닝 쪽지 있어요!"

아이들의 시선이 고정우에게 쏠렸다. 쓰러진 책상 아래에 어지러이 흩어진 펜들 사이로 작은 쪽지가 놓여 있었다. 정우가 쪽지를 주워 들었다.

"고정우, 너 그거 뭐야?"

체육 선생님의 질문에 정우는 입을 꾹 다물었다. 시험이 끝났음을 알리는 종이 울렸다. 아이들은 눈치를 살피며 무슨 일이냐고 수군거렸다. 혼란스러운 와중에도 담임이 뒤에서부터 답안지를 착실히 걷기 시작했다. 그사이 체육 선생님은 내 팔을 잡고 자리에서 일으켰다.

담임은 어금니에 뭔가 끼기라도 한 것처럼 탐탁지 않은 표정으로 나와 고정우를 번갈아 보았다.

"고정우는……. 일단 유주연 먼저 상담실로 데려가죠."

나는 체육 선생님에게 팔이 잡힌 채 교실 밖으로 끌려 나가면서, 뒤를 돌아보았다. 정우가 날 보고 있었다. 희미한 미소를 띤 얼굴로. 이해할 수 없었다. 어째서.

지나간 줄 알았던 바람이 방향을 바꾸어 나에게로 휘몰아치기 시작했다.

48

"유주연, 아까 왜 그런 거니?"

상담실 문을 열고 들어오자마자 담임이 물었다. 왜 그런 건지 설명할 수 있었다면 교실에서 그 난리를 치진 않았을 것이다. 나도 알고 싶었다. 왜 이렇게 된 건지. 머리가 깨질 것처럼 아팠다. 마치 세상에서 가장 작은 감옥, 긴고아가 내 머리를 옥죄는 것 같았다.

나는 마른세수를 하며 더듬더듬 입을 열었다.

"잘 모르겠어요. 제가 왜 여기 있는 건지. 진짜 저도 너무 답답해요."

담임이 싸늘한 표정으로 종잇조각을 내밀었다. 거기에는 알 수 없는 숫자들이 작은 글씨로 빼곡하게 적혀 있었다. 하지만 보자마자 그것이 무엇인지 알 수 있었다. 경제 시험 커닝 쪽지였다.

"왜 이걸 고정우 책상에 떨어뜨렸어? 왜 그랬니?"

확신 어린 어조였다. 커닝 쪽지를 만든 게 결코 고정우는 아닐 거라는, 다른 사람일 거라는 확신. 나는 조금 전 일로 학교에서 서울대에 보내기 위해 집중하고 있는 모범생을 위협하는 잡초로 찍힌 것 같았다. 담임은 그런 사람이었다. 될성부른 잎이 자라는 데 방해되는 잡초를 솎아내는 사람.

내 인생이 온실 속 화초처럼 순탄하게 굴러가지 않는다는 건 오래전부터 알고 있었다. 잡초 취급을 받으며 억센 손에 뽑혀 던져진다고 해도, 상관없었다. 그래도 하나는 꼭 알고 싶었다.

"고정우가 그래요? 내가 그랬다고?"

그때, 상담실 문이 열렸다. 덩치가 워낙 커서 들어서자마자 상담실이 꽉 찬 것 같았다. 덩치 큰 선생님이 담임에게 경직된 목소리로 물었다.

"정 선생님, 지금 뭐 하시는 겁니까?"

담임은 물음에 대꾸할 생각은커녕 고개도 돌리지 않은 채 말했다.

"확인할 게 있어서요. 한 선생님은 잠시 나가주시겠어요?"

"경제는 제 담당 과목입니다. 확인을 해도 제가 확인해야죠."

담임은 덩치 큰 선생님을 흘긋 보더니 내게 시선을 돌렸다. 그사이 한 선생님이라 불린 경제 선생님은 테이블 위에 놓인 커닝 쪽지를 들여다보았다.

"핵심만 쏙쏙 잘 적었네."

경제 선생님은 의도를 알 수 없는 칭찬을 했다. 한편 담임은 나를 향해 딱딱하게 말했다.

"유주연, 확인 끝나면 반성문 써서 내 자리로 가져와."

"무슨 반성문이요?"

"네가 오늘 시험 시간에 다른 학생들에게 피해 준 일에 대한 반성문."

하지만 담임이 내게 요구하는 건 반성문이 아닐 것이다. 차라리 거짓 자술서에 가깝겠지. 그걸로 이 일을 덮을 생각이겠지. 그 짧은 사이에 어디까지, 누구와 이야기가 된 걸까.

학년 부장? 교장?

"고정우는 어디 있어요? 걔도 반성문 써요?"

"……."

담임은 내 질문을 무시하고 경제 선생님에게서 커닝 쪽지를 낚아챈 뒤 상담실 밖으로 나갔다. 경쾌한 핸드폰 벨소리가 울렸다.

"네, 정우 어머님. 그렇지 않아도 전화 드리려고 했습니다. 네. 잠시만요."

담임의 목소리가 복도 끝으로 점점 멀어져갔다. 굳은 얼굴로 서 있던 경제 선생님이 의자를 빼서 내 앞에 앉았다. 테이블을 사이에 두고 선생님과 마주 보고 앉은 모양새가 꼭 취조라도 당하는 것 같았다. 나는 미주알고주알 말하고 싶은 기분이 아니었다. 이곳을 나가기만 하면 된다. 나머지는 알아서들 하라지. 나는 될 대로 되라는 심정으로 말했다.

"반성문 쓰게 종이 주세요."

"네가 그걸 왜 써?"

"그걸 써야 보내줄 거 아니에요?"

"쓰고 싶어?"

"종이나 주세요."

경제 선생님은 몸을 일으켰다. 꼭 괌 같은 휴양지에서 액세서리를 파는 잡상인 같았다. 통통한 몸집에 뽀글뽀글한 머리, 화려한 셔츠. 아무리 봐도 학교 선생님답지 않았고, 내 기억 속에도 이런 선생님은 없었다.

뭐, 저런 선생님이 있었겠지. 너무 오래전인 데다 특별한 접점이 없어 기억나지 않는 거겠지.

다시금 머리가 깨질 듯이 아팠다. 아무래도 숙취 때문인 것 같았다. 팔을 들어 소매에 코를 박고 냄새를 맡아봤지만, 술 냄새 따윈 나지 않았다. 라벤더 향이 났다. 집에서 쓰던 세제 향일 것이다. 오랜만에 맡아보는 집 냄새였다.

캐비닛 서랍 여기저기를 열어보며 반성문으로 쓸 만한 종이를 찾아보던 경제 선생님은 이면지밖에 없다며 난감한 얼굴을 했다. 나는 자리에서 일어나 캐비닛 세 번째 서랍을 열었다. 새 종이가 잔뜩 쌓여 있었다.

"너 거기 종이 있는 거 어떻게 알았어?"

"선생님이 모르는 게 이상한 거 아니에요?"

경제 선생님은 당황했는지 잠시 말이 없었다.

"아니, 내가 상담실에 올 일이 있어야지."

나는 대꾸 없이 종이를 테이블 위에 내려놓았다. 맨 위에 이름을 적는데, 'ㅇ' 자를 쓰자마자 멈칫했다. 빨간색 볼펜이었다. 이름을 빨간색으로 쓰면 죽는다는 미신은 그렇다 쳐도, 반성문을 빨간 펜으로 써도 되는 건가?

하지만 종이를 바꾸고 다른 색 펜을 찾으면서까지 반성문을 쓰고 싶진 않았다. 빨간 펜으로 이름을 마저 적어 넣고 옆 칸으로 넘어갔다. 2학년인 건 알겠는데, 몇 반 몇 번인지는 기억나지 않았다. 이건 담임이 알아서 채워 넣으라지. 아래로 내려갔다. 이제부터 반성문을 써야 했다.

하지만 첫 줄부터 막혔다. 펜이 움직여지지 않았다. 속에서 불끈 화가 났다. 내가 뭘 잘못했는데? 시험 시간에 시끄럽게 한 거? 욕한 거? 답안지를 백지로 낸 거? 그딴 건 아무렇게나 지어낼 수 있었다. 나는 거짓말하는 데는 천재니까. 하지만 고정우를 엿 먹이려고 일부러 커닝 쪽지를 떨어뜨렸다는 것만은, 절대로 쓸 수 없었다.

"동그라미를 되게 성의 없이 그리네?"

한 선생님이 반성문을 보며 툭 말했다. 나는 내가 쓴 이름을 내려다보았다. 'ㅇ'의 위쪽이 만두 꼬투리처럼 벌어져 있었다.

"그 쪽지는 글씨가 엄청 단정하던데."

경제 선생님이 무심히 나를 보며 물었다.

"너 아니지? 그거 고정우 글씨지?"

"선생님 저 알아요?"

생각지 못한 질문이었는지 경제 선생님이 감탄하듯 '오'

하며 입을 벌렸다.

"나에 대해 뭘 안다고, 내가 했니 안 했니 막 판단해요?"

나는 적개심을 숨기지 않았다. 그것이 잘못된 곳을 향하고 있다는 걸 알면서도. 이건 아까 담임한테 했어야 할 말이었다. 엄한 곳에 화풀이하고 있다는 건 알았지만, 미안한 마음은 들지 않았다. 선생들은 죄다 똑같으니까. 어디에든 소리치지 않으면 폭발할 것 같았다.

경제 선생님은 말없이 나를 바라보다가 느릿느릿 말했다.

"내가 전교생 이름을 다 외우진 못하지만, 너 유주연이잖아. 네 명찰에도 쓰여 있고, 여기 반성문에도 적혀 있네. 경제 공부는 못할 것 같은데, 맞지? 아까 확인해보니까 너 답안지 백지로 냈더라고. 그런데 너 설마, 반성문에 구구절절 거짓말을 쓰려는 건 아니지?"

"거짓말인지 아닌지 선생님이 어떻게 알아요?"

"모르지. 반성문이 진짜 속에서 우러나온 말인지 대충 모면하려고 쓰는 말인지 글만 보고 어떻게 알아. 깜지처럼 빽빽하게 안 쓰면 성의 없다고 돌려보내는데, 그런 반성문에 어떻게 진심이 담기겠냐. 말도 안 되는 소리지."

의도를 알 수 없어 미간에 힘이 들어갔다. 경제 선생님은 무심한 얼굴로 팩트 폭격을 날렸다. 그는 심드렁한 표정으로 반성문을 턱짓으로 가리켰다.

"그거 쓰지 마. 어차피 소용없어. 이미 고정우가 나한테 다

자백했어. 자기가 했다고, 유주연은 절대 아니라고. 그거에 네 담임이 빡쳐서 갑자기 상담실로 달려온 거야. 너한테 반성문 받으면 뭐 달라질 줄 알고."

자백이라는 말이 너무도 낯설게 들렸다. 자백했으니 다 된 거라고? 하지만 나는 정우의 말을 믿지 않았다. 혹시 담임이 내게 달려온 것처럼 경제 선생님도 정우에게 뒤집어 씌우려는 게 아닐까. 아니면 나를 위해 스스로 뒤집어쓴 걸까. 정우라면 충분히 그러고도 남을 애였다. 아까 커닝 쪽지가 발견된 후 내게 미소를 지은 것도 계속 맘에 걸렸다.

"고정우는 어디 있어요?"

"아깐 과학실에 있었는데, 지금은 모르겠다. 걔 어머니가 유명하신 분이잖니. 당장 학교로 달려오겠다는데……."

별안간 상담실 문이 또 열렸다. 이번엔 한눈에 알아볼 수 있었다. 학년 부장 선생님이었다. 두발 자유가 이루어진 지 꽤 됐는데도 머리카락 단속이 어찌나 심한지 타고난 곱슬머리인데도 교무실로 불러내 야단치는 것으로 유명했던 선생님. 자연 갈색 머리인데도 염색을 한 거라 여겨 30분이 넘게 설교를 한 적도 있었다. 그는 땀에 젖은 이마를 손바닥으로 쓸며 짜증스럽게 말했다.

"한 선생님 잠깐 밖에서 좀 보시죠."

두 사람은 나를 상담실에 두고 나갔다. 닫힌 문틈으로 복도에서 뭐라 말하는 소리가 들렸다. 본능적으로 그쪽을 향해 귀가 바짝 섰다. 나는 문에 딱 달라붙어 대화에 귀를 기울였다.

"한 선생님, 다음 주에 경제 재시험 봅시다."

"갑자기 재시험을요?"

"상황을 보셔서 아시지 않습니까."

"……고정우 때문입니까?"

"누구 잘못이든 불미스러운 일이 있었으니, 재시험을 치러서 정확하게 성적을 내야죠. 경제가 국영수만큼 중요한 건 아니지만 내신에 반영되긴 하니까."

"부정행위를 저지른 고정우만 0점 처리하면 될 일을, 왜 2학년 문과 전체가 재 시험을 봐야 합니까? 학생들이 과연 수긍할까요?"

"0점이요? 누가 고정우가 부정행위를 했다고 하던가요? 유주연이 그랬습니까? 누굽니까 그게!"

"고정우 학생이 아까 과학실에서 저한테 자기가 커닝 쪽지 만든 거라고 말했습니다."

"한 선생님이 오신 지 얼마 안 돼서 잘 모르시는 것 같은데, 정우는 들어올 때부터 수석에 이제껏 전교 1등을 놓쳐본 적이 없는 아이입니다. 품행은 또 얼마나 바른데요. 정우 학생이 너무 착해서 자기가 하지도 않은 일을 했다고 한 겁니다."

"착한 거랑 이 문제는 별개인 것 같은데요. 아무리 착하다고 해도 어떤 학생이 자기가 하지도 않은 일을 했다고 자백합니까. 그것도 기말고사 커닝을요."

"흠, 혹시 그 쪽지 보셨습니까?"

"네, 봤습니다. 아주 요점만 쏙쏙 잘 적었던데요."

"그럼 그 쪽지 필체가 고정우와 다르다는 것도 아시겠네요?"

"네?"

"글씨가 너무 작아서 비교하기 힘들긴 하지만, 정우 담임 선생님이 정우 필체가 아니라고 확인해줬어요. 그래서 지금 선생님들이 교무실에서 학생들이 제출한 수행평가지 글씨체로 비교해보고 있습니다."

"그게 무슨……. 진짜 고정우가 아니라고요?"

46

커닝 쪽지를 만든 사람은 고정우가 아니다.

담임도, 경제 선생님도 틀렸다. 그럼 누구지? 나는 나도 모르는 사이에 한쪽 손톱으로 다른 손톱을 튕기고 있다는 것을 알아차렸다. 불안할 때면 나오는 오랜 버릇이었다.

복도에서 대화가 계속 이어졌다.

"누가 정우 학생 성적을 망치고 싶었던 모양이죠. 생각해 보세요. 시험이 끝나고 쪽지가 발견됐으면 한 선생님 말대로 조사한 다음에 고정우만 0점 처리할 수도 있겠죠. 근데 시험 중에 유주연 학생이 책상 엎고 난리가 났다면서요? 몇몇 애들이 벌써 집에 말했는지, 교무실에 학부모들 전화가 빗발치고 있습니다. 경제 시험 어떻게 할 거냐고."

"……."

"수고롭더라도 재시험 봐야 합니다. 교육청이나 언론 쪽에 말이 돌면 일이 더 커져요. 저번 자소서 사건 때 교장 선생님이 기자들 입을 겨우 막아놨는데 이번 일까지 터지면 얼마나 난리가 나겠습니까. 고정우 학생 하나 0점 처리하는 일로 끝나는 게 아니에요. 앞으로 수시 쓸 우리 학생들 모두 피해를 볼 겁니다. 당장 3학년 수시 일정이 내일부터예요."

"하지만, 필체만 가지고 판단하는 건 무리가 있습니다. 일부러 평소와 다르게 적었을 수도 있죠. 선생님 말씀대로 고정우는 똑똑한 학생이니까요."

"커닝 쪽지가 들킬 걸 예상해서 필적까지 바꾼다고요? 그게 상식적인 일입니까?"

"……제가 직접 확인하고 싶습니다."

"같이 가시죠."

두 사람의 발소리가 점차 멀어졌다. 나는 상담실 문에 등을 기댄 채 한참 동안 가만히 서 있었다. 담임이 다시 상담실로 와 내게 반성문을 어서 써내라고 닦달할 것만 같았다. 하지만 담임도, 경제 선생님도, 그 누구도 오지 않았다.

담임은 국어를 가르쳤다. 애들이 가장 어려워하는 비문학, 그중에서도 논리학 지문이나 철학 지문을 잘 가르치기로 유명해서 보충 수업을 열면 순식간에 마감될 정도로 인기가 많았다. 능력을 인정받아 10년 넘게 3학년만 맡다가 입결이 안 좋아서 2학년으로 내려왔다는 소문이 있었지만, 그건 소문일 뿐이었다. 알 만한 애들은 소문 뒤에 가려진 진실이 뭔지 다 알고 있었다.

명문대 수시에 지원하는 3학년 애들 중에서도 상위 1%만 관리하는 특별 자소서 반이 있었다. 여름 방학에 전교 1등부터 5등까지 학교로 따로 불러서 수시 방향을 함께 의논한 거라고 했지만, 그건 사실과 달랐다. 담임은 서울대에 보낼 애들의 자소서를 대신 써줬다. 문장 부호 하나까지도. 담임은 글을 기가 막히게 잘 썼다. 물론 난 본 적이 없지만, 그렇다고 했다. 담임이 자소서를 대신 써주기만 하면 1차는 무조건 통과했다니까.

교장의 적극적인 지원 아래 이루어진 대필, 그런 특혜를 누리지 못한 학생이 신고하면서 끝이 났다. 그 애는 입시에 실패한 게 자소서 때문이라고 생각했던 것 같다. 3년 내내 반장을 놓친 적이 없는 데다 학생회 간부까지 맡아가면서 학교생활을 누구보다 열심히 했고, 내신 등급도 무엇 하나 빠지는 것 없이 높았다니까. 합격한 애들이랑 다른 점이라고는 오직 제 힘으로 자소서를 썼다는 것뿐이라니까.

그 애는 수시 1차 서류 전형에서 떨어지자마자 담임과 서울대 합격생의 자소서 비리를 고발하는 글을 써 교육청에 탄원서를 냈다. 그 일로 학교가 엄청 시끄러웠다. 지역 신문 기자들이 취재를 오기도 했다. 사건이 일파만파 커지자 교장은 자신은 전혀 모르는 일이라며 발 빠르게 선을 그었고, 실명이 거론된 서울대 합격생들 역시 그런 일은 절대 없었다고 잡아뗐다. 증인은커녕 증거도 없었다. 담임의 통장은 깨끗했고, 심증에 따른 잡음만 넘쳐났다. 교육청에서는 제보 말곤 어떤 증거도 없었기에 경고 조치 정도로 일을 마무리지었다.

내가 2학년이 된 건 바로 그다음 해, 그러니까 담임이 3학년에서 2학년으로 내려온 해였다. 비리를 터뜨린 애는 재수를 준비할 거라는 소문과 함께, 그 사건은 무성한 말만 남긴 채 덮였다.

하지만 특별 자소서 반은 사라지지 않았다. 담임은 2학년을 맡아서도 특별반을 은밀하게 이어나갔다. 수석으로 입학해 전교 1등을 놓친 적이 없기로 유명했던 고정우는, 누가 봐도 담임이 노릴 만한 재목이었다.

나는 멍하니 창문 쪽을 보았다. 담임, 경제, 시험, 필체. 머릿속에서 생각이 어지럽게 꼬였다. 어떻게 된 일인지 알 수 없었다. 체육 선생님에게 끌려 나오기 전, 정우가 나를 바라보던 눈빛이, 희미하게 지어 보이던 미소가 떠올랐다.

그럼 그 눈빛은 뭔데. 왜 날 그런 눈으로 본 거냐고.

45

감시하는 사람이 없는 지금이 탈출할 기회였다.

반성문을 가지러 오지 않는 걸 보니 담임도 날 잊은 것 같았다. 이대로 문을 열어 학교 밖으로 뛰쳐나가기만 하면 됐다. 그렇게 간단한 일인데, 이상하게 발이 떨어지지 않았다. 나는 오히려 자리에 앉아버렸다.

모두 커닝 쪽지 범인 찾기에 몰두한 걸까. 명탐정 코난이 되어 고정우가 범인이냐 아니냐를 두고 한바탕 추리 게임이라도 하는 거야? 나는 여기 이렇게 철 지난 수박처럼 덩그러니 잊힌 거고?

"유주연, 정신 차려. 지금 이런 걸 신경 쓸 때가 아니라고."

자조하는 목소리가 상담실에 앙금처럼 남았다. 이럴 때가 아닌데. 커닝 사건의 범인이 누구인지 확인해서 호기심을 해결하려는 것도 아니었고, 나 때문에 고정우의 커닝 쪽지가 들켰다는 미안함 같은 것도 아니었다. 설명할 수 없는 무언가가 생선 가시처럼 목에 걸렸다.

나는 정우를 기다리고 있었다.

5년 전 그날 이후로 정우를 다시 보게 될 거라곤 생각지도 못했는데. 학교를 나가기 전에 마지막으로 한 번만 더 정우를 보고 싶었다. 아까 담임이 체육 선생님에게 나를 상담실로 데려가라고 한 걸 개도 들었을 테니 어쩌면 이곳으로 오지 않을까.

얼마나 지났을까. 시간을 확인하기 위해 치마 주머니에 손을 넣었다. 잡히는 게 아무것도 없었다. 핸드폰은 언제나 주머니에 넣어두는데. 시험이라 혹시 가방에 뒀나. 가방은 아마 교실에 있겠지. 나는 교실로 가려고 자리에서 일어났다가 다시 앉았다. 어쩌면, 정말로 조금만 있으면 정우가 이쪽으로 올 거라는 생각이 들었다. 혼자 오든 아니면 선생님이랑 같이 오든, 커닝 사건 때문에라도 올 거라는 생각이.

하지만 한참을 기다려도 상담실엔 개미 한 마리 얼씬하지 않았다.

"이 자식은 대체 무슨 생각인 거야."

나는 상담실 안을 뱅글뱅글 돌며 손톱을 물어뜯었다. 아무것도 칠하지 않은 손톱이 쭉 뜯겼다. 아픔보다는 당황스러움이 더 컸다. 지난 몇 년 동안 내 머리카락은 언제나 총천연색이었고, 손끝엔 길고 두꺼운 네일팁이 붙어 있었는데. 맨 손톱과 까만 머리가 어색했다.

주위를 둘러보자 이제야 상담실 곳곳이 눈에 들어왔다. 상담실은 내 기억 속 모습과 조금 달랐다. 마지막으로 본 상담실은 창문 하나 없이 좁고 폐쇄적인 공간이었다. 영화 속에 나오는 취조실처럼. 사방이 벽으로 둘러싸인 데다 직사각형 테이블과 의자 두 개만 달랑 놓여 있고, 푸르스름하게 느껴질 만큼 새하얀 형광등이 차갑게 빛나는 곳이었다. 그런데 다시 돌아와보니 이곳은 자투리 공간에 만든 평범한 방일 뿐이었다. 캐비닛 위에 놓인 작은 화분이며, 정수기 옆에 놓인 커피, 차, 초콜릿 같은 간식거리를 보자 힘이 빠졌다. 과거의 기억은 쌓인 감정에 의해 조작되었다.

"안 오면 내가 가면 되지."

내 눈으로 고정우가 괜찮다는 걸 확인하고 싶었다. 과학실이든 교무실이든 아직 학교에 있을 것 같았다. 상담실 문을 열고 나가려는데, 바깥을 향해 난 창문으로 말소리가 넘어왔다. 흔한 웅성거림이 아닌 고성이었다. 정우라는 단어가 섞인.

나는 뒤돌아서 조용히 창문을 열었다. 말소리가 더 선명하게 들렸다. 치마 정장을 입은 어떤 아주머니 옆에 고정우가 고개를 숙인 채 서 있었다. 맞은편에 서 있는 건 담임과 경제 선생님이었다.

"우리 정우한테 왜 자꾸 이런 일이 생기는지 알 수가 없네요."

"저희가 계속 알아보고 있습니다."

"누군지 찾으면 바로 저한테, 아니, 이 일에 의심 가는 애들이 누군지, 대체 이런 일을 왜 벌였는지 다 알아야겠어요."

"네, 그럼요. 걱정하지 마시고……."

"모든 조사가 확실하게 끝나기 전에는 함부로 알려드리기가 어렵습니다, 정우 어머님."

옆에 서 있던 경제 선생님이 말했다. 아주머니의 목소리가 살짝 올라갔다.

"우리 정우가 이런 부당한 대우를 받았는데, 알려줄 수가 없다고요?"

"철저하게 조사하겠지만, 누가 그랬는지 확실하지도 않은데 의심이 간다는 이유만으로 말씀 드릴 수는 없다는 거예요. 자칫 잘못된 말이 퍼지면 돌이킬 수 없을 테니까요."

"그럼, 우리 정우 실추된 명예는요? 나는 정우 엄마예요. 모든 걸 알 권리가 있다고요!"

아주머니가 히스테릭하게 받아쳤다. 시험이 끝났는데도 집으로 돌아가지 않은 몇몇 애들이 창밖으로 고개를 빼고 그 광경을 지켜보고 있었다. 정우는 고개를 숙이고 있어서 표정이 보이지 않았다. 하지만 두 주먹을 꽉 쥐고 있었다. 참고 있었다. 다른 사람은 몰라도 내 눈엔 그게 보였다.

"정우 어머님, 나중에 다시 통화하시죠. 지금은 학교가 너무 어수선해서요. 보는 눈도 많고. 정우야, 시험 끝났으니까 일단 집에 가서 푹 쉬어. 월요일에 쌤이랑 다시 얘기하자."

"……."

"정우야, 쌤 봐. 대답해야지."

담임의 재촉에 정우가 천천히 눈을 들었다. 나는 아랫입술
을 깨물었다. 대답하지 마. 하기 싫으면 하지 마.

"……네."

저 등신. 이런 상황에서도 꼬박꼬박 대답하네.

"별일 아니야. 이런 걸로 멘탈 흔들리면 안 돼. 그리고 아
직 시험 안 끝났어. 맘 추스르고 주말에 경제 좀 더 들여다
봐."

멘탈이 흔들린 건 오히려 담임 같았다. 조금 전까지는 시
험 끝났으니 쉬라고 해놓고서는 아직 시험이 안 끝났으니 공
부하라니. 재미없는 코미디 같았다. 헛웃음이 나왔다.

"정 선생님!"

경제 선생님이 담임을 향해 적당히 좀 하라는 듯 소리쳤
다. 담임은 그에 아랑곳하지 않고 정우의 등을 두들기며 힘
내라고 말했다. 정우는 다시 시선을 내리깔고는 계속 고개를
숙이고 있었다. 죄인처럼.

흥분해서 벌게진 얼굴로 어떻게 이런 일이 벌어질 수 있
는 거냐며 같은 말을 되뇌던 아주머니는 정우를 데리고 차에
탔다. 학교를 빠져나가는 고급 세단이 곧 점처럼 작아졌다.

고정우는 이제 학교에 없다. 집으로 돌아갔다.

멀어지는 차를 보니 안도 섞인 한숨이 나왔다. 이곳은 과거를 흉내 낸 가짜가 분명했다. 아니면 말도 안 되는 꿈이거나. 정우를 마지막으로 다시 보고 싶었고, 어쨌든 멀리서나마 다시 봤다. 따로 이야기를 나누지는 못했지만 얘기 좀 하자고 다시 학교로 부를 수는 없는 노릇이었다. 정우는 괜찮아 보였고, 방금 차를 타고 학교에서 빠져나갔으니 그거면 됐다.

나는 한결 가벼워진 마음으로 상담실 문을 활짝 열고 복도로 나왔다. 더는 지옥에 남아 있어야 할 이유가 없었다. 나는 내 발로 이 지옥을 걸어 나갈 것이다.

"뭐야 이거."

탈출은 정문 앞에서부터 막혔다. 정문을 통과할 수가 없었다. 아무리 애를 써도 한 발자국조차 나갈 수 없었다. 꼭 신발에 접착제라도 붙어 있는 것처럼. 정문에 보이지 않는 결계가 걸려 있는 것처럼. 그런 내 뒤로 애들이 수다 떠는 소리가 들려왔다.

"나 한국인 아닌가 봐. 국어 개망했어."

"넌 국어만 망했냐, 난 경제도 망했어."

"야, 근데 다음 주에 경제 재시험 볼 수도 있대."

"재시험? 왜?"

"7반에 개, 맨날 1등 하는 애, 이름이 뭐더라? 걔 때문에."

"아, 고정우?"

"어어, 걔. 7반 애한테 들었는데 걔 커닝하다 걸렸대."

"헐, 미쳤다. 근데 재시험을 본다고? 설마 걔 때문에?"

"아, 내 말이. 아까 청소 끝나고 교무실 갔더니 쌤들 완전 난리였어. 걔가 커닝 쪽지 쓴 거 아니라고 글씨체 대조하고 완전……."

"와씨, 개어이없다. 교실에서 걸린 거면 빼박 아님? 걔 이제까지 커닝해서 전교 1등 한 거 아냐?"

"아냐, 걔 공부 잘하는 건 맞아. 옛날부터 유명했어."

"아씨, 그럼 경제 다시 봐야 돼? 공부하기 존나 싫은데."

"근데 전교 1등은 커닝 쪽지가 나와도 선생님들이 진짜 범인을 찾아준다고 퇴근도 미루네. 공부 못하면 서러워서 살겠나."

투덜거리는 목소리가 옆을 지나쳐 갈 때, 그들 중 하나가 나를 알아보았다. 1학년 때 같은 반이었던 애였다. 어김없이 이름은 기억나지 않지만. 그 애는 정문에 망부석처럼 서 있는 나를 흘긋 보더니 제 곁에 선 친구의 팔을 끌어당겨 학교 밖으로 사라졌다. 나는 아무 말도 할 수 없었다. 그 순간에도 나는 학교 밖으로 나가기 위해 온몸에 힘을 주고 있었다.

그 뒤로도 수십 명이 스쳐 지나갔다. 시험도 끝났으니 피씨방을 갈지 노래방을 갈지, 아니면 떡볶이부터 먹을지 한가로운 고민을 하면서. 그들은 내가 가만히 서 있는 걸 이상하다는 듯이 힐끔거렸지만 아무도 지금 뭐 하는 거냐고 묻진 않았다. 공식적으로 나는 전따는 아니었다. 2학년에 올라오면서 전따는 고정우로 바뀌었다.

몇몇 애들이 키득거리며 지나갔다.

"쟤 연세희가 시켜서 벌서고 있는 거 아냐?"

나는 곧바로 몸을 돌려 그렇게 말한 여자애의 멱살을 잡았다.

"너 씨발, 뭐라 그랬냐. 다시 말해봐."

여자애는 더듬거리면서 대꾸했다.

"아, 아니, 나는, 이거 좀 놓고 말해. 나는……."

"야, 이거 봐. 안 놓으면 선생님 부를 거야. 이거 놓으라고."

옆에 있던 다른 여자애가 내 팔을 붙들었다. 선생님을 부르겠다는 말에 실소가 나왔다. 얘네한테는 학교가 울타리구나. 선생님이 지원군이고. 웃기지 말라고 쏘아붙이고 싶은데, 솟구치던 분노가 사라졌다. 애들한테 뭘 기대한 거지. 멱살을 쥔 손을 놓자마자 여자애들이 뒤도 돌아보지 않고 정문 밖으로 뛰쳐나갔다.

결국 나는 그 자리에서 30분이 넘게 끙끙대다 돌아섰다.

밖으로 나갈 수도 없는데 계속 서 있으면서 놀림거리가 되기는 싫었다. 대체 어떻게 된 일인지, 왜 학교 밖으로 나갈 수 없는지 알아야 했다. 하지만 이유를 생각하자마자 누가 바늘로 찌르기라도 하듯이 머리가 아팠다. 학교로 돌아오기 직전의 기억이 덤프트럭처럼 덮쳐왔다.

밤이었다. 나는 술에 취해 있었다. 횡단보도를 건넜다. 신호등을 보지 못한 채. 달려오던 차에 부딪친 엄청난 충격으로 몸이 붕 떴다 바닥에 처박혔다. 눈앞이 벌겠다. 피가 흐르는 걸까? 내 몸이 어떻게 된 거지? 앞이 잘 보이지 않았다. 눈을 크게 깜빡였다. 시야에 검은 하늘만 들어왔다. 고개를 돌려보니 팔이 꼭 내 몸이 아닌 인형에 달린 것처럼 이상한 각도로 널브러져 있었고, 그 주위로 유리 조각들이 보였다. 뭐가 깨진 걸까? 멍하니 생각하고 있는데, 흐릿한 시야에 어떤 여자가 다가오는 게 보였다.

"네가 왜 여기에 있니."

"누구……세요……."

"가자. 다시 가자."

여자가 내 손목을 꽉 쥐었다. 이곳으로 오기 전 마지막 기억이었다.

잊고 있던 충격과 고통이 선명하게 덮쳤다. 정수리에서부터 척추를 따라 온몸이 뻣뻣하게 굳어가는 것만 같았다. 순간 심장이 덜컥 내려앉았다. 황급히 아래를 내려다보자, 나는 여전히 교복 차림이었다. 달라진 건 없었다.

그런데 왜 이렇게 가슴이 아프지. 숨 쉬기가 힘들었다. 나는 천천히 숨을 몰아쉬며 본관 쪽으로 발걸음을 옮겼다. 커다란 현관 유리문에 내 모습이 비쳤다. 지나쳐 가려는데, 무언가가 시선을 붙들었다. 명찰 끄트머리에 새파란 점이 깜빡이고 있었다. 가슴께를 살폈지만 파란 점 같은 건 보이지 않았다. 다시 고개를 들어 유리를 보았다. 분명 새파란 점이 어른거리고 있었다. 유리문 앞으로 바짝 다가서자, 명찰에 새겨진 이름 옆으로 반짝이는 숫자가 보였다.

44.

43

숫자는 순식간에 44에서 43으로 바뀌었다.

내가 미친 걸까. 정말 꿈인가. 아니면 여기는 진짜 죽어서 오는 곳이기라도 한가. 이 숫자는 뭐지? 왜 내 가슴에 이런 게 있지?

내 안에 없는 답을 찾으려고 애쓰자 속이 울렁거렸다. 불과 몇 시간 전 교실에서 눈을 떴을 때가 떠올랐다. 시간을 더 거슬러 올라갔다. 새벽까지 진탕 마신 술 때문일까. 술을 마시기 전엔 뭘 했지?

갑자기 구역질이 치밀었다. 금방이라도 토할 것 같아 3층까지 올라갈 틈이 없었다. 1층 교직원 화장실로 달려갔다. 아무 칸이나 열고 들어가 양변기 위로 몸을 숙였다. 노란 위액만이 왈칵 넘어왔다. 코 안쪽이 시큼했다. 몇 번 더 토악질을 했지만 가는 침 줄기 말곤 나오는 게 없었다. 가래를 뱉은 뒤 물을 내렸다.

두통은 가라앉지도 사라지지도 않았다. 아무도 없는 교직원 화장실 안은 무섭도록 고요했다. 세면대 앞으로 가 물을 틀었다. 물은 차가웠다. 손바닥에 물을 받아 얼굴을 벅벅 씻었다. 물기로 흥건한 얼굴을 손으로 대충 닦아내면서 고개를 들자, 거울이 보였다. 정확히는 거울에 비친 사람이. 얼굴은 보이지 않았다. 망친 그림을 지우개로 벅벅 지워버린 것처럼 흐릿한 형체가 삐딱하게 팔짱을 낀 채 내게 말을 걸었다.

"뭘 그렇게 놀라? 거울 처음 봐?"

나는 뒤를 돌아보았다. 아무도 없었다.

"너 뭐야?"

"뭐긴 뭐야. 목소리 듣고도 몰라?"

여자 목소리였다. 어딘가 낯설지 않은. 하지만 누군지는 알 수 없었다. 귀신인가? 혹시나 싶어 내려다봤지만, 내 오른손은 세면대 수도꼭지를 쥐고 있었고, 왼손은 세면대 가장자리를 짚고 있었다. 얼굴에서 물기가 뚝뚝 떨어지는 게 너무

나도 선명하게 느껴졌다.

　나는 거울 속 형체를 향해 으르렁거리듯이 말했다.

　"씨발, 면상 까. 안 까? 거울 깨버린다?"

　"말을 좀, 곱게 할 순 없니? 네가 지나온 삶을 아니까 이해 는 하는데, 내가 욕에 익숙하지가 않아서."

　"뭐라는 거야, 씨발. 욕 처먹기 싫으면 면상 까라고. 너 누 구야?"

　이내 거울 속 존재가 어둠에서 한 발 앞으로 나왔다.

　"면상 까니까 이제 속이 시원해?"

　"이게 무슨……."

　"이 얼굴이 불편해? 그럼 바꿔줄까?"

　거울 속에는 잿빛 브릿지를 가닥가닥 넣은 단발머리 여자 가 서 있었다. 스물셋의 나였다. 어제 내가 탈색을 했었나. 하 려고는 했던 것 같은데, 내가 커트도 했던가. 왜 전체 염색이 아니라 브릿지를 넣었지. 모든 기억이 뒤죽박죽이었다.

　"지금 네가 보는 내가 네 마지막 모습이었어. 너는 거울을 본 지 너무 오래돼서 잘 모르겠지만."

　"내가 거울을 왜 안 봐? 지금도 보고 있는 게 거울인데."

　"가만히 네 모습을 들여다본 적은 없잖아. 두꺼운 화장으 로 네 얼굴을 잘 가렸는지 확인만 하곤 덮어버렸잖아. 미용 실에서도 핸드폰만 보고 있더라."

　"……."

본드라도 붙인 것처럼 입이 닫혔다. 나는 거울을 향해 몸을 기울였다. 내 얼굴이 저렸다고? 거울 속 나는 너무 지치고 피곤해 보였다. 술에 절어 있었고, 얼굴 한쪽에는 긴 금이 그어져 있었다. 문신을 새겨 덮었어도 내 눈에는 선명하게 보였다. 가출팸에서 도망쳤다가 다시 잡혀 온 날 리더가 본보기로 남긴 흔적이었다. 여자애들 얼굴은 돈이 되니까, 무슨 일이 있어도 얼굴에는 손대지 않았는데도.

한때는 성형 수술할 돈을 마련하기 위해 성실하게 아르바이트도 했다. 하지만 수술비를 거의 다 모았을 때, 그 돈은 고스란히 리더에게 빼앗겼다. 리더는 카드를 빼앗으며 말했다. 얼굴로 먹고살 것도 아니면서 무슨 수술이냐고. 수술한다고 해서 그게 가려질 것 같느냐고. 넌 이미 인생 조졌다고.

내가 돈을 모은 걸 그 새끼에게 찌른 건 오랫동안 방을 같이 썼던, 얼굴이 예쁘장해서 하루에 몇 번이고 콜을 받고 나가던 여자애였다. 벌어 온 돈을 리더에게 줄 때면 그 애는 날 쳐다보았다. 내 얼굴에 그어진 칼빵을 보던 눈길이 소름 끼치도록 집요했다.

둘만 남았을 때, 나는 그 애 머리채를 잡고 화장실로 끌고 가 변기에 처박으며 소리쳤다. 왜 그랬냐고, 같은 여자끼리 어떻게 등에 칼을 꽂을 수가 있냐고. 그 애가 흠뻑 젖은 채로 말했다.

"그거 없애지 마. 넌 그게 필요해."

아무 말도 할 수 없었다. 그 애는 며칠 뒤에 갑자기 사라져버렸다. 리더는 그 애를 찾지 않았지만, 경찰 두 명이 소식을 갖고 왔다. 그 애가 자살하기 전에 마지막으로 연락한 게 리더였기 때문에. 남은 여자애들은 방에 덩그러니 남은 그 애 옷가지를 치우며 침묵했다.

그날, 꼭꼭 숨겨서 빼앗기지 않은 나머지 돈으로 문신하는 곳을 찾았다. 나는 칼빵 흔적 위로 마오리족처럼 요란하게 문신을 했다. 리더는 그렇게 눈에 띄는 얼굴로 앞으로 어떻게 물건을 훔칠 거냐고 화를 냈지만, 때리지는 않았다. 더는 누구도 나를 때리지 못했다. 하지만 그날 이후 누구도 가까이 오지 않았다. 나는 혼자였고, 매일 술을 마셨다. 술에 취하지 않은 순간이 없었다.

거울 속 여자는 순수한 악 그 자체로 보였다.

"네가 날 여기로 데려온 거야? 씨발, 왜 하필 여기냐고."

거울 속 여자가 단호하게 말했다.

"여기여야 했으니까. 네가 간절히 원한 거니까."

어처구니없어서 헛웃음이 나왔다.

"내가 원했다고?"

하지만 거울 속 여자는 내 말을 거의 듣지도 않는 것 같았다.

"남은 시간을 어떻게 쓸지는 네 선택이야."

"감금해놓고 선택? 씨발, 장난해?"

"제발 그 입 좀……."

미간을 찌푸리던 거울 속 여자가 손가락으로 머리카락 몇 가닥을 쥐고 뱅글뱅글 돌렸다. 그건 최근에 생긴 버릇이었다. 뭔가 저지르기 직전에 하곤 하는.

이윽고 거울 속 여자가 씩 웃으며 말했다.

"됐다. 이제 또 해봐."

"뭘 해. ■■, 뭐야, ■■."

"훨씬 낫네."

"■■아! 이거 안 풀어?"

"너도 네 상스러운 말이 안 들리지? 다행이다. 말은 힘이 있거든. 네 말은 너무 날카롭고 아팠어."

"■■, 뭐 하는 거냐고!"

"욕하지 마. 네가 욕하니까 사람들이 널 무서워하잖아."

교문 앞에서 날 흘긋대던 여자애들이 떠올랐다. 거울 속 여자는 그림자처럼 내 뒤를 따라다닌 것이다. 언제부터였을까. 대체 언제부터.

"근데 이 말투에 이 얼굴은 좀 모순이다. 그치?"

거울 속 여자의 얼굴이 달라졌다. 잿빛 브릿지가 사라진 앞머리는 검은 뱅헤어가 됐고, 키가 작아졌다. 중학교에 막 입학했을 때의 나처럼. 광대는 한껏 위로 솟아 있었고, 눈은 활처럼 휘어져 있었다. 입가에서 웃음이 떠나지 않던 시절이었다.

분명 예전의 내가 맞는데, 거울에 비치는 모습이 너무도 낯설었다. 그래서 슬펐다. 나는 슬픔을 감추기 위해 거칠게 쏘아붙였다.

"나이를 막 바꾸시겠다? 그럼 할머니로도 바꿔보지 그래? 아줌마는 어때?"

"그럴 순 없어."

"왜? 이제 와서 그건 못 하겠어?"

"난 네 시간 속에 존재하거든. 네 시간에 아줌마나 할머니는 없어."

"무슨 뜻이야?"

"너도 이미 알잖아."

강렬한 두통이 일었다. 이곳으로 오기 직전의 순간이 다시 떠올랐다. 달려오던 차, 튕겨 나간 몸, 흥건한 피. 내 입이 더듬더듬 열렸다.

"내가 그때, 죽은 거야? 죽기 전에 여기서 마지막으로 인생 파노라마 돌리는 거고?"

"나랑 스무고개 하자고 계속 네 시간을 버릴 거야?"

"버리든 말든 내 마음이야. 대답해."

"유주연, 지금도 시간이 가고 있는데 넌 잘못된 방향을 보고 있어. 나를 볼 게 아니라 네 가슴을 봐."

거울 속 내가 거울 밖의 내 가슴께를 손가락으로 가리켰다. 그새 숫자가 42로 바뀌어 있었다. 심장이 있는 자리 위를 떠다니는 숫자가 꼭 푸른곰팡이처럼 보였다.

거울 속 내가 담담하게 말을 이었다.

"벌써 42네? 처음엔 49였어. 알아?"

"내가 여기 온 게 고작 두세 시간 전인데, 벌써 일곱 시간이나 지났다고?"

"시간은 상대적이야. 너에게 남은 시간도 그렇고. 네가 어떻게 시간을 쓰느냐에 따라 시간은 다르게 흐를 거야."

"좀 확실하게 말해봐. 숫자가 바뀌는 기준이 뭔데? 어디가? 야!"

거울 속 내가 뒤돌아서 어둠 속으로 걸어 들어가기 시작했다. 나는 마음이 급해졌다.

"잠깐만, 잠깐만! 마지막으로 물어보고 싶은 게 있어."

"마지막이니까 신중하게 물어."

"내가 여기서 내 과거를 바꾸면 미래의 나도 바뀌어? 그동안 있었던 일이 다 사라져?"

어쩌면, 시간을 거슬러 온 거라면, 과거를 바꾸고 새 삶을 사는 게 가능하지 않을까. 시간 여행을 소재로 한 영화들이 그런 것처럼. 나는 한 가닥 희망을 품은 채 물었다. 하지만 거울 속 나는 말이 없었다. 입을 연 건 한참 후였다.

"여기서 만든 시간의 기억은 남은 자들의 몫이겠지."

"무슨 말이야? 말장난해?"

"말장난이라고 생각하고 그냥 놀다 갈지 아니면 다른 행동을 할지는 네 선택이야."

"아니, 선택지가 없는데 그게 어떻게 내 선택이야?"

"네 선택이 남은 자들에게 영향을 미칠 테니까."

"……."

"너의 새로운 인생을 위해 시간을 건너온 게 아니야. 네가 두고두고 후회하던 일을 바로잡기 위해 온 거지. 너를 위한 게 아니니까 넌 기억할 수 없을 거야."

너를 위한 게 아니라는 말이 울버린의 긴 손톱처럼 나를 할퀴었다. 아팠다. 그래서 다음 질문을 빨리 던지지 못했고, 그사이 거울 속 나는 신기루처럼 사라져버렸다. 거울에는 바보처럼 입을 벌리고 있는 내 모습만 비칠 뿐이었다. 머리카락은 간장에 절인 것처럼 검었고 눈동자 역시 마찬가지였다. 내 모든 것이 그림자처럼 검었다.

다시 돌아왔다고 달라질 건 없었다.

41

나는 교실 문을 열고 들어갔다.

시험이 끝나고 모두 하교해서 교실은 비어 있었다. 가방이 걸려 있는 책상이 딱 하나 있었는데, 그게 내 가방 같았다. 나는 곧장 걸어가 가방을 열었다. 하지만 안에는 아무것도 없었다. 혹시 싶어서 책상 서랍, 사물함, 교실 바닥까지 샅샅이 뒤져봤지만 어디에도 없었다. 나는 허공을 향해 소리쳤다.

"내 핸드폰 어쨌어?"

돌아오는 건 고요한 침묵뿐이었다. 가방을 바닥에 내팽개치고 책상들을 발로 찼지만 분은 풀리지 않았다. 조용한 교실에 거친 숨소리만 울렸다.

아니지. 좀비가 돌아다니는 아포칼립스 세계로 멱살 잡혀 끌려온 것도 아니고, 과거라고 해봤자 21세기였다. 이깟 과거가 아니라 미래라면 좀 무서웠을지도 모른다. 3차 세계 대전 같은 게 일어나 핵이 뻥뻥 터지거나 지구가 멸망한 뒤의 세계라면 당장의 생존이 최대 과제였을 테니까. 그런데 고작 5년 전 학교? 그건 뭣도 아니었다.

"지옥은 무슨. 아무 힘도 없는 게. 고작해야 과거인 주제에."

말은 호기롭게 내뱉었지만, 나는 거울이나 창가 앞에서 서성거리는 것을 멈출 수 없었다. 아직 41이었다. 아까는 몇 마디 나누지 않았는데도 숫자가 훌렁훌렁 줄어들더니, 이젠 바뀔 기미조차 보이지 않았다. 고개를 돌려 벽시계를 확인해보니 고작 3분이 지났을 뿐이었다. 시간이 상대적이라는 똑똑한 소리는 대체 누구 머리에서 처음 나온 걸까.

넘어진 의자를 바로 세워서 털썩 주저앉았다. 깔끔하게 지워진 칠판이 눈에 들어왔다. 수업 시간에 권력이 칠판 앞에 있다면, 쉬는 시간에는 교실 뒤편에 있었다. 에어컨 바람을 독차지한 채 공을 차거나 만화책을 보는 남자애들에게.

늦봄의 어느 날이었다. 정우는 언제나 그랬듯 귀에 이어폰을 꽂은 채 문제지를 보고 있었다. 박근이 사물함 위에 다리를 벌리고 앉아 정우의 뒤통수를 향해 농구공을 던졌다. 농구공이 정우 머리를 때리곤 튕겨 나갔다. 삼삼오오 모여 화장하던 여자애들이 통통 튀는 공을 피해 자리를 창가 쪽으로 옮겼다.

박근은 덩치가 컸다. 키가 컸고, 어깨가 넓었고, 특히 목이 굵었다. 한마디로 고릴라를 연상케 하는 몸집이었지만, 아무도 고릴라 같다는 말을 대놓고 하지는 않았다. 가끔 연세희가 짐승 같다고 할 때만 빼면.

박근은 골 세레모니라도 하듯 주먹 쥔 팔을 한 바퀴 돌리더니 풀쩍 바닥으로 뛰어내렸다. 그 애는 농구공을 주워 사물함 위에 앉아 있는 제 무리를 향해 던진 뒤, 정우 앞에 앉은 애에게 꺼지라는 듯 손짓했다. 태호였다. 태호가 잠깐 머뭇 거리자 박근이 말했다.

"야, 꺼지라고."

태호가 재깍 자리에서 일어나 자리를 옮겼다. 뒤쪽에 있던 무리 중 하나가 태호에게 넌 이리 오라고 손짓했다. 태호가 고개를 숙인 채 말없이 그들 쪽으로 걸어갔다.

박근은 의자를 소리 나게 빼 앉으며 정우에게 말을 걸었 다.

"몇 번을 불렀는데 이제야 고개를 드냐? 내 말 씹으니까 맛있냐?"

"……."

박근은 마치 한 대 칠 듯이 팔을 위로 치켜들었다. 정우가 움찔했다. 박근은 씩 웃으면서 팔을 느릿느릿 내린 뒤 가볍 게 뺨을 찰싹 때렸다.

"쫄기는. 이건 뭐냐? 수학? 공부 잘하는 새끼들은 다르네."

정우가 문제지를 덮으려 하자 박근이 문제지를 덮지 못하 게 막았다.

"왜. 계속해. 공부해, 공부."

어느새 다가온 박근 패거리 중 하나가 정우의 어깨를 내 리눌렀다. 정우가 옴짝달싹하지 못하도록. 박근은 정우에게 얼굴을 바짝 들이밀며 속삭이듯 말했다.

"왜? 못 참겠어? 너 인내심 끝내주잖아?"

매일 계속되는 괴롭힘에도 정우가 신고도 하지 않고 전학
도 가지 않는 걸 두고 박근은 '인내심이 끝내준다'고 표현했
다.

"야, 너 전학 안 가는 거 내신 때문이라며. 진짜냐?"

"……."

"하여간에 공부 잘하는 것들이 더 독해."

"그만해."

"그만 안 하면 뭐. 신고하게? 유주연처럼?"

"……."

　정우가 고개를 들어 박근을 쏘아보았다. 나 역시 그들을
보고 있었다. 하지만 정우는 한 번도 내 쪽을 돌아보지 않았
다. 내가 자신을 보고 있는 걸 알면서도. 내게 불똥이 튀지 않
게 하려고.

"남은 1년 반 동안 잘해보자."

"반년이겠지."

　3학년이 되면 자연스럽게 반이 바뀔 거라고, 그럼 이 모든
것에서 벗어날 수 있을 거라고 생각하고 있었다. 나도, 정우
도. 하지만 박근의 생각은 달랐다.

"응, 아니야."

"무슨 소리야."

"쉬는 시간마다 놀러 올 건데?"

"이 새끼 점심시간에도 오는 거 아냐?"

옆에서 다른 남자애가 낄낄대며 말을 얹자, 정우를 둘러싼 애들이 한마디씩 툭툭 던졌다.

"아, 점심시간엔 식당에서 보면 되지."

"밥도 같이 먹자. 학교 끝나고 집에도 같이 가고."

"야야, 끝나고는 얘네 엄마가 차 끌고 오잖아."

"맞다. 우리 정우 코찔찔이 마마보이였지? 밤에도 엄마 젖 찾고 그래?"

"아, 이 또라이 새끼."

학교는 좁았다. 정우의 등이 딱딱하게 굳어가는 게 보였다. 숨을 쉬기 힘들었다.

쉬는 시간이 끝났음을 알리는 종이 울리자 자리에서 일어나던 박근이 내 쪽을 돌아봤다. 한쪽 입꼬리를 올린 채, 어깨를 으쓱하면서. 네가 뭘 어쩔 건데? 마치 그렇게 말하듯이.

아이들이 제자리를 찾아 앉았고, 선생님이 앞문을 열고 들어왔다. 나는 칠판만 뚫어져라 쳐다보았다. 수업이 시작되면 다시 권력을 쥐는 사람은 선생님이었다.

100도를 향해 끓어오르는 물처럼 속이 뜨거웠지만, 결코 정우를 돌아보지는 않았다. 그러다 박근과 눈이 마주치기라도 하면 다시금 예전처럼 발목이 잡힐 테니까. 나 역시 저 진흙탕으로 끌려 들어갈 테니까. 그래서 입을 다물고 칠판만 보았다.

40

"내가 원했다고? 하. 말도 안 돼."

턱 끝에 맺혀 있던 땀 한 방울이 뚝 떨어졌다. 잊고 싶었던 과거의 기억 한 조각에도 몸이 떨렸다.

백번 양보해서, 그래, 정우를 한 번만 더 보고 싶었던 건 맞아. 하지만 학교에 이렇게 갇혀 있고 싶다는 건 아니었다고. 내가 학교를 조금이라도 좋아했어? 아니잖아. 그런데 왜 못 나가는 건데? 여기서 나보고 뭘 어떡하라고.

돌아오는 대답은 없었다. 밀폐된 통에 갇힌 것처럼 갑갑하고 화가 났다. 자리에 가만히 앉아 있기가 힘겨워서 빈 교실을 서성였다. 언제 또 손톱을 물어뜯었는지 손끝이 아렸다.

교실 뒤편에는 직사각형 거울이 붙어 있었다. 나는 거울 앞에 서서 거기 비치는 광경을 쳐다보았다. 하지만 아무 일도 일어나지 않았다. 아까는 거울 앞에 서 있는 것만으로도 충분했는데. 나는 메마른 입술을 혀로 훑으며 말했다.

"잠깐 얘기 좀 해."

사위는 고요했다. 한쪽 발을 까딱여봤지만, 거울은 거울이고 나는 나였다.

"진짜 이럴 거야? 할 얘기 있다니까."

혹시 1층에서만 보이는 건가? 아무 거울이나 안 되고?

나는 교직원 화장실로 내려갔다. 빈 교실을 지날 때마다 학교에 남아 있는 사람이 나뿐인 것 같았다. 물론 선생님들은 아직 있겠지만, 왠지 혼자인 것처럼 느껴졌다.

나는 다시 교직원 화장실 거울 앞에 서서 교실에서보다 더 간절하게 말을 걸었다. 이미 정류장을 떠난 버스를 향해 달려가는 사람처럼, 나는 절박했다. 한 시간 가까이 수도를 틀었다 잠그고, 말을 걸고, 억지로 구토도 해보았지만 결과는 절망스러웠다.

돌아오지 않는 메아리를 기다리다가 몸을 돌렸다. 학교에는 문이 두 개였다. 정문이 안 되면 뒷문으로 가면 되지. 왜 진작 뒷문을 생각하지 못했지?

하지만 뒷문은 잠겨 있었다. 호기롭게 뒷문을 넘어보려 했지만, 담장 끝에 손이 닿지도 않았다. 학교를 한 바퀴 빙 돌며 샅샅이 확인해봐도 어느 곳 하나 뚫린 데가 없었다.

나한테 왜 이러는 건데? 학교에서 대체 뭘 하라고? 화단에 풀이라도 정성껏 심어주라는 거야, 뭐야. 말도 안 되는 생각이 줄줄이 이어졌다.

그때, 배에서 꼬르륵 하는 소리가 났다. 이게 현실이든 아니든, 내 정신 상태와 상관없이 배는 고프다는 게 우스웠다. 식당에 뭐라도 없을까. 식당 쪽으로 발걸음을 옮기려는데, 복도 저편에서 말소리가 들렸다. 고정우 목소리였다. 왜 얘 목소리가 들리는 거지? 아까 학교 밖으로 나가는 걸 봤는데.

나는 허기를 잠시 제쳐둔 채 그쪽으로 걸어갔다.

층계참에서 고정우가 박근을 쏘아보고 있었다.

"아직 퇴근 안 한 선생님들 있어."

"아, 그러냐?"

관심 없다는 듯 시큰둥한 대꾸에 이어 퍽 소리가 났다. 명치 아래에 내리꽂히는 주먹질이 매서웠다.

"야, 작작 해라."

계단에 앉아 핸드폰을 들여다보던 패거리 중 하나가 말했다.

"맞아, 시험 기간에 걸리면 골 아파."

"어차피 얼굴만 안 때리면 되는 거잖아?"

박근은 제 말대로 명치 아래에만 주먹을 내리꽂았고, 고정우는 신음 한 번 내지 않고 이를 악문 채 맞았다.

이건, 5년 전 일이었다. 나는 고정우가 맞는 모습을 지켜보기만 하다 뒤돌아섰다.

"이걸 왜 보여주는 건데!"

물론 대답은 돌아오지 않았다. 이번에도. 박근의 주먹이 고정우의 몸에 내리꽂히는 소리가 계속 울렸다. 귀를 막아도 퍽, 퍽 하는 타격음이 바늘처럼 파고들었다. 문득 등 뒤에서 인기척이 느껴졌다. 뒤돌아보니 나였다. 정우가 맞는 모습을 보면서도 아무것도 하지 않고 돌아서서 화장실에 들어가는 내가 보였다.

박근이 정우를 때리고 떠난 뒤, 정우는 여자 화장실 앞으로 왔다. 그날 정우는 내가 거기 숨어 있던 걸 알고 있었다.

"유주연, 너 거기 있지?"

39

"……."

그날 나는 여자 화장실에서 숨죽이고 있었다. 없는 척 침묵했지만, 정우는 집요했다. 한참 동안 말이 없어 이제는 갔겠지 싶어 칸 밖으로 나갔더니 여전히 화장실 문 앞에 서 있는 정우가 보였다. 나는 아무렇지도 않은 척 세면대로 가 수도꼭지를 틀었다. 물이 쏟아지는 소리 사이로 정우 목소리가 끼어들었다.

"나랑 얘기 좀 해, 주연아."

"야, 좀 가."

"유주연."

"내가 왜 너랑 얘기를 해?"

"우리 이야기는 아무도 듣고 싶어하지 않잖아."

"누가 우리야."

정우가 한숨을 쉬었다.

"그래, 그럼 너랑 내 얘기라고 하자."

"그러니까 무슨 얘기를 하냐고. 뭐, 같이 연세희랑 박근 험담이라고 할까? 그럼 뭐가 달라져?"

돌아오는 대꾸가 없었다. 찬물을 계속 맞은 손이 차가웠다.

"다른 사람한테 말하든지, 일기를 쓰든지, 아니면 정신과 가서 상담이라도 받든지. 나한테 이러지 말고."

"날 이해할 수 있는 건 너뿐이잖아. 넌 알잖아."

"……."

수도꼭지를 잠갔다. 나는 정우에게 고개를 가로저어 보였다. 나는 아무것도 모른다고. 이해할 수도, 이해하고 싶지도 않다고.

"야, 고정우. 너 이거 나한테 복수하는 거지? 받은 게 있으니 토해내라는 거지?"

정우가 피식 웃었다.

"내가 너한테 복수 같은 걸 왜 해."

"작년엔 내가 왕따였잖아. 처지가 바뀌니까 이러는 거잖아. 뭐, 은혜라도 갚으라는 거야?"

"……."

정우는 말이 없는 편이었다. 아니, 그건 정우를 잘 모르는 애들 이야기였다. 단지 정우는 보통 남자애들과 좀 다를 뿐이었다. 다른 남자애들이 농구나 축구, 아니면 게임에 환장할 때 정우는 책을 읽고 음악을 듣고 이야기하는 걸 좋아했다.

나는 정우가 어떤 책을 좋아하는지, 어떤 가수를 좋아하는지, 어떤 곡을 가장 좋아하는지 알았다. 정우는 내가 싫어하는 음식이 뭔지, 어떤 장르를 좋아하는지, 등하교할 때마다 무슨 음악을 듣는지 알았다. 쉬는 시간에 나누곤 했던 시답잖은 대화 몇 마디 덕분에 나는 끔찍했던 1학년을 견딜 수 있었다.

하지만 나는 작년처럼 정우와 소소한 잡담을 주고받을 수 없었다. 그사이 많은 일이 있었고, 그때와는 상황이 달랐다. 그렇게 생각했었다. 난 침묵으로 정우를 밀어냈다.

정우가 떨리는 목소리로 말을 이었다.

"말할 사람이 아무도 없어. 너도 알잖아. 우리 엄마가 정신과 같은 곳에 데려가기나 하겠어?"

"그건 네 사정이고."

"유주연, 너까지 이러지 마."

불현듯 여자 화장실 앞에서 이러고 있는 상황에 짜증이 치밀었다.

"야, 남자 새끼가 그것도 못 견뎌? 넌 남자잖아. 너랑 나랑 무슨 대단한 친구야? 너, 그냥 같은 반 애야. 우연히 2년째 같은 반 애일 뿐인 거라고. 쪽팔리게 여자 화장실까지 와서 이러지 말라고."

쏘아붙인 말에 정우가 쓸쓸하게 말했다.

"그럼 누구한테 이런 얘길 해. 너도 싫어하잖아."

"……"

"내 얘기를 할 수 있는 사람이 너밖에 없어. 너도 나밖에 없잖아."

"……"

난 정우에게 손바닥을 내밀었다.

"핸드폰 줘봐."

"핸드폰은 왜."

"내 번호 지우게."

"……"

"빨리 지워."

내가 계속 재촉하자 정우는 바닥만 쳐다보았다.

"지우라고! 빨리! 내가 보는 앞에서 지워! 지워!"

나는 두 주먹을 꽉 쥐고 소리쳤다. 미친 듯이, 쉬지 않고. 정우가 떨리는 손으로 주머니에서 핸드폰을 꺼냈다. 나는 그 자리에 꼿꼿하게 서서 정우를 노려보았다. 잠시 후 정우가 연락처에서 내 번호를 지웠다. 나는 핸드폰을 뺏어 남아 있는 카톡이나 문자, 최근 통화 목록까지 전부 뒤져서 내 번호를 지웠다. 핸드폰을 돌려주는데 건네받는 정우의 턱이 떨리는 게 보였다.

"다신 나한테 연락하지 마. 들러붙지도 말고, 징징대지도 마. 그리고 확실하게 말해둘게. 난 너 필요 없어."

나는 화장실을 나와 곧장 학교 밖으로 향했다. 그날 밤, 집으로 돌아가지 않고 거리를 쏘다니다가 충동적으로 서울행 버스에 올라탔다. 그 후 나는 학교로도, 집으로도 돌아가지 않았다. 오늘 전까지는.

"유주연. 여기서 뭐 해?"

어깨를 짚는 손에 깜짝 놀라 돌아보니 경제 선생님이 서 있었다. 조금 전까지 나는 5년 전 별관 화장실 앞에 있었는데, 정신을 차려보니 본관 1층 교직원 화장실 앞이었다.

기억의 조각들이 자꾸 나를 과거의 한가운데로 내몰았다. 똑바로 보라는 듯이. 피하지 말라는 듯이.

나는 입을 꾹 다물었다. 무심결에 입술을 깨물기라도 했는지 비릿한 피 맛이 났다. 내 앞에 있는 건 정우가 아니다. 경제 선생님이다. 화장실에서 나온 선생님 손에 물기가 남아 있었다.

"아직 집에 안 갔어? 상담실에 없길래 집에 간 줄 알았는데."

"……"

"너 안색이 안 좋다. 얼른 집에 가서 쉬어라."

"그냥, 가요?"

"월요일에 마저 얘기하자."

"선생님은요?"

"나도 가야지."

"하실 일 있지 않아요?"

경제 선생님은 눈을 깜빡이더니 이내 무슨 말을 하는지 알겠다는 듯 고개를 두어 번 끄덕였다.

"아, 아까 너도 상담실에서 들었겠구나. 커닝 쪽지랑 글씨체가 똑같은 애를 찾았어."

"……."

"주연아, 교무실에서 너희 담임 선생님이 너한테 계속 전화했어. 핸드폰 꺼져 있던데. 속상하겠지만, 핸드폰 켜놓고 담임이 다시 전화하면 받아봐. 아까 일 사과하려고 전화하셨을 거야."

내가 대꾸 없이 시선을 내리깔자 경제 선생님은 내 어깨를 가볍게 두드리곤 지나갔다. 이제 퇴근하는 것 같았다. 약속이라도 있는 걸까, 주차장으로 향하는 발걸음이 바빠 보였다.

나는 경제 선생님 뒤통수에 대고 물었다.

"누구예요?"

경제 선생님이 뒤돌아봤다.

"뭐?"

"커닝 쪽지요. 그거 만든 사람 누구냐고요."

선생님이 코웃음을 치며 고개를 젓는데, 내가 다시 물었다.

"혹시 태호예요?"

태호는 경제 시험 때 어수선한 가운데 정우의 커닝 쪽지를 제일 먼저 발견한 애였다. 한때는 정우랑 붙어 다녔던 애이기도 했다.

태호는 키도, 성적도, 운동 실력도, 성격도 모든 게 평범한 애였다. 고등학교에 들어와 정우랑 같은 반이 되지 않았다면, 아마 계속 그렇게 평범한 애로 학교를 다녔을지도 모른다.

"걔는 나 싫어해."

1학년 때 늘 조별 과제를 같이 하는 모습을 보고 태호랑 친한지 묻자, 정우는 덤덤하게 대꾸했다. 엄마들끼리 친해서 태호랑 같이 다니는 거라고, 태호 엄마가 과외나 족집게 학원에 대한 정보를 얻어내려고 태호를 자꾸 정우 옆에 붙여두려 한다고 했다. 태호 엄마도 우리 엄마랑 비슷해, 라고 정우는 말했었다. 하지만 태호와 정우는 비슷하지 않았다. 같은 과외를 받아도 태호의 성적은 오르지 않았다. 태호 엄마가 성적에 애를 태울수록 둘 사이는 어색해졌다. 그렇게 말하면서도 정우는 한 번도 태호를 밀어내지 않았다. 태호가 정우 옆에 있지 않으면 태호 엄마가 정우에게 연락해 혹시 둘이 싸웠냐고 물었기 때문에. 정우는 태호가 자신을 싫어한다는 걸 알면서도 늘 태호랑 붙어 다녔고, 태호 역시 별말 없이 정우 옆을 맴돌곤 했다.

내 물음에 경제 선생님은 대답하는 대신 나를 물끄러미 응시했다. 그것만으로도 충분했다. 경제 선생님의 표정이 곧 대답이었으니까. 무슨 말도 안 되는 소리냐고 잡아뗄 줄 알았는데, 단도직입적인 질문이 돌아왔다.

"네가 그걸 어떻게 알아?"

38

그걸 모르는 건 선생님들밖에 없어요.

목구멍까지 그 말이 차올랐다. 사람을 말로 할퀴는 법을 나는 누구보다 잘 알았다. 거리에서 배운 게 아니었다. 오래전 학교에서 연세희에게 들은 말들이 내 안에 차곡차곡 쌓여 있었다.

사랑받은 아이가 사랑을 안다는 말처럼, 미움받은 아이는 미움을 안다. 숨도 쉬어지지 않을 만큼 제 안에 빼곡하게 쌓인 미움을 밖으로 표출하든 안에서 폭발시키든, 다른 사람들에게 받은 감정은 언제든 드러나게 되어 있다.

나는 발치에 놓인 돌멩이를 툭 차며 속내와는 다른 말을 했다.

"여긴 지옥이에요."

화제를 돌리려고 꺼낸 말이었는데, 나온 말이 고작 저거였다. 그것도 선생님한테. 애들과 어떻게 지냈는지 잘 기억나지도 않는 경제 선생님한테 딱히 무언가를 기대하고 내뱉은 말은 아니었다. 목구멍까지 찰랑거리던 말이 흘러넘쳐 입 밖으로 새어 나온 것뿐이었다.

경제 선생님은 바지 주머니에 손을 꽂아 넣으며 나를 똑바로 보고 물었다.

"왜 학교가 지옥이라고 생각하니?"

"……."

"유주연."

성까지 붙여서 이름을 부르는 건 빨리 대답하라는 암묵적인 명령이었다. 선생님들이 흔히 쓰는 말투였고. 하지만 나는 룰을 지킬 생각이 없었다. 경제 선생님을 빤히 바라보며, 대답 대신 질문을 던졌다.

"어디였어요?"

"뭐가?"

"선생님 지옥 말이에요."

경제 선생님이 말간 눈으로 나를 보았다. 이제껏 지옥이라고 생각한 시기가 한 번도 없었던 것처럼. 그 순간 느꼈다. 이곳은 내게만 지옥이구나. 오직 내게만.

"학교는 아니죠? 그럼 선생님이 될 리도, 학교로 올 리도 없었겠죠."

경제 선생님이 고개를 갸우뚱하더니 말했다.

"무슨 일 있니?"

진짜 모르나? 아무것도 모르는 건가? 실소가 나왔다.

"쓰러지기 전까지는 썩은 나무도 튼튼해 보여요."

"고민 있구나?"

고민이라니. 너무나도 선생님다운 어휘 선택이었고, 선생님다운 질문이었다. 선생님들의 머릿속에는 바른 말 고운 말 사전이 들어 있는 것 같았다. 어떤 말을 하든 모범생처럼, 얌전하고 부드럽게 말할 줄 알았다.

그때였다. 복도 끝에서부터 슬리퍼를 직직 끌면서 걷는 소리가 들렸다. 시선 끝에 머리 하나가 빼꼼 걸렸다. 연세희였다. 그 자그맣고 흰 얼굴을 본 순간, 입안에 누가 레몬 조각이라도 물린 것처럼 턱이 아렸다. 머리가 띵했다. 연세희를 보자마자 몸이 고통에 반응했다.

저 복도 끝에 연세희가 있다. 걔가 내 쪽을 보고 있다. 여기를 빠져나가야 하는데, 어떻게, 어떻게 빠져나가지. 마음이 다급해졌다.

"선생님, 차 있어요? 있죠?"

"있긴 하지."

"저 사거리까지만 태워주시면 안 돼요? 네?"

"사거리면 학교 바로 앞이잖아?"

100미터도 안 되는 거리를 왜 태워달라고 하는지 이해할 수 없다는 듯 어리둥절한 얼굴이었다. 나는 복도 끝을 의식하지 않기 위해 안간힘을 쓰며 경제 선생님만 쳐다보며 말을 이었다.

"원래는 전철역까지 부탁드리려고 했는데, 그건 너무 양심 없잖아요. 그냥 요 앞까지만이라도. 안 돼요?"

경제 선생님은 날 빤히 보다 말했다.

"그러지 뭐. 따라와."

37

"차가 좀 작지?"

"작네요."

"그, 그치. 작긴 작지. 그래도 잔고장도 없고 나름 괜찮아."

혹시 연세희가 따라오는지, 날 보고 있지는 않은지 신경 쓰던 나는 고개를 돌려 경제 선생님을 보았다. 선생님은 다른 선생님들 차에 비해 작은 차가 신경 쓰이는 듯했고, 그걸 내가 입에 발린 칭찬으로 넘어가주길 기대한 것 같았다. 그 속내가 노골적으로 느껴져서 피식 웃음이 나왔다. 다른 사람 말에 신경 쓰고, 인정받고 싶어하는 모습을 보니 선생님도 선생님이기 전에 그냥 평범한 사람이구나 하는 생각이 들었다.

나는 입술에 침을 바르고 진지하게 말했다.

"그래도 아늑하고 좋아요."

"좋긴. 뭐 좀 아늑하긴 하지."

"앞에 앉아도 되죠?"

"뭐, 그럼 회장님처럼 뒤에 앉을 생각이었어?"

"뒤로 갈까요?"

"얼른 안전벨트나 매."

"요 앞인데요? 고작 100미터인데."

"안전벨트 안 맬 거면 내려라."

경제 선생님은 이런 면에서는 아주 철저했다. 새삼 내 마지막이 떠올라서인지, 꼰대라는 생각은 들지 않았다. 교통법규를 지키는 건 당연한 거니까. 사소해 보이지만 아주 중요한 거니까. 나는 말없이 안전벨트를 맸다.

시동을 걸면서 경제 선생님이 말했다.

"오늘 정신없었지? 생각해보니까 내가 아까 상담실에서 제대로 챙겨주지도 못했네."

경제 선생님이 말을 잇는 동안 연세희가 차창을 두드리기라도 할까 봐 심장이 두근거렸다.

"좋은 일로 간 것도 아니었는데요 뭐. 그냥 상담실에 갇힌 거였지. 물론 그것도 다들 잊어버렸지만."

비난하려던 건 아니었다. 그저 떠오른 대로 말한 것뿐이었다. 벌점 같은 거라도 받았을 법한데, 어수선해서인지 그런 것조차 없었다. 선생님들은 모든 일을 월요일로 유예해버렸다. 늘 그랬듯이 나는 선생님들에게 뒷전이었다.

"근데 선생님들이 다 나 같은 건 아니야. 좋은 선생님들도 많아."

경제 선생님이 말했다. 아까 지옥 어쩌고 한 내 말이 마음에 걸렸던 걸까.

"내가 대타로 잠깐 있다 갈 선생님이라 못 미더울 수도 있는데, 내가 아니더라도 누구한테든 꼭 도와달라고 말해. 넌 아직 어리잖아. 선생님들이 학교에 얼마나 많냐. 친구들도 많고."

겨자를 한 움큼 먹은 것처럼 코가 찡했다. 이제야 알 수 있었다. 경제 선생님은 학기 초에 있었던 일을 알지 못한다는 걸, 원래 있던 경제 선생님이 출산 휴가를 내면서 임시로 온 선생님이라는 걸, 그래서 기억에 특별히 남아 있지 않았다는 걸. 그 일 이후로 나는 학교 수업에 관심을 잃었다.

"말이 길었지? 자, 이제 가볼까."

차는 순식간에 주차장을 빠져나갔다. 그런데 교문을 통과하기 직전, 갑자기 시동이 꺼져버렸다. 선생님은 다시 시동을 걸었지만, 시동이 걸리자마자 바람 빠지는 소리와 함께 꺼져버렸다.

"어, 이게 왜 이러지."

나는 눈을 꼭 감았다. 제발, 제발, 제발. 하지만 몇 차례 시동을 다시 걸어도 차는 움직이지 않았다. 그러니까, 나를 태우고는 이 학교를 못 나가겠다 이거였다. 더럽고 치사해서 진짜.

"아오!"

빡치는 걸 주체하지 못하고 내 입에서 욕설 같은 탄성이 새어 나오자 경제 선생님이 당황한 얼굴로 나를 돌아보았다. 선생님 탓이 아니라고 말해주고 싶었지만, 그럼 이 말도 안 되는 상황을 구구절절 설명해야 했다. 나는 한숨을 삼키고 안전벨트를 끌렀다.

"선생님, 저 다시 교실에 가봐야 할 것 같아요."

"어, 갔다 와."

"먼저 가세요. 이것저것 챙기려면 좀 걸려요."

경제 선생님은 이랬다저랬다 하는 날 이해할 수 없다는 눈으로 보았다. 이상해 보여도 어쩔 수 없었다.

"월요일에 봬요, 쌤."

"그래, 그럼 주말 잘 보내고."

나는 차 문을 열고 내리려다가 경제 선생님을 돌아보았다. 선생님은 눈을 동그랗게 뜨고 있었다.

"쌤, 부탁 하나만 해도 돼요?"

36

나는 정말 급한 일이 있기라도 한 것처럼 학교로 뛰어갔다.

곧 시동 걸리는 소리에 이어 차가 교문 밖으로 부드럽게 빠져나가는 소리가 들렸다. 경제 선생님이 백미러로 보고 있을까 봐 앞만 보고 뛰었다. 본관에 들어온 뒤에야 숨을 내쉴 수 있었다. 탈출 시도는 또 실패했고, 나는 다시 학교였다.

주머니에 손을 넣고 계단 쪽으로 향했다. 빈 교실에라도 들어가서 한숨 잘 생각이었다. 그게 내가 이 학교를 벗어날 가장 마음 편한 방법 같았다. 아무것도 하지 않고 시간이 흐르는 대로 두기.

그런데 그것조차 마음대로 되지 않았다. 줄곧 바닥에 처박혀 있던 시선 끝에 핑크색 삼선 슬리퍼가 걸렸다. 연세희가 내 앞을 가로막고 서 있었다.

"주연아, 오랜만!"

연세희가 인사했다. 마치 모두에게 그러듯이, 친절하고 다정하게. 적어도 겉으로는 그랬다. 나는 배에 힘을 주고 아무렇지 않은 척 받아쳤다.

"뭐가 오랜만이야."

"하긴, 우리 어젯밤에도 봤지?"

"……."

"근데 방금 뭐야? 경제 쌤 차 타고 뭐 했어?"

"신경 꺼."

"뭐, 상담이라도 했어? 계속해봐. 그렇게 열심히 하다 보면 백마 탄 왕자님이 나타날 수도 있겠지."

연세희는 환하게, 마치 아이돌처럼 웃으며 속삭였다. 숨을 쉴 수가 없었다. 연세희는 결코 사람을 때리지 않았다. 언제나 웃는 얼굴로, 보이지 않는 손으로 머릿속을 휘저어놓았다. 자신의 무기가 무엇인지, 그것을 어떻게 사용해야 하는지 누구보다 잘 아는 애였다.

똑 부러질 것처럼 뼈가 가늘고 마른 연세희는 배우 지망생이었고, 이미지 관리에 철저했다. 수업이 끝난 뒤에, 수업이 없는 주말엔 종일 연기 수업을 받는다는데 번번이 오디션에 떨어졌다. 그럴 때면 연세희는 울거나 짜증을 내는 대신, 더 환하게 웃으며 먹잇감을 골랐다. 나는 1학년 때부터 그 애의 단골 맛집이었다.

2학년이 되면서 나와 연세희는 다른 반에 배정됐다. 학교에서 해줄 수 있는 '배려'라고는 그게 전부였다. 학교는 좁았다. 반이 달라도, 생활하는 층이 달라도 학교는 학교였다. 오늘처럼 언제 어디서든 마주칠 수 있는 곳.

연세희를 마주하자 내가 한 뼘도 자라지 않았다는 게 느껴졌다. 5년을 거슬러 와서도 나는 여전히 연세희 앞에서 꼼짝하지 못했다. 뼛속부터 떨려오는 것 같아 주먹을 꽉 쥐었다. 오디션에서 또 떨어진 걸까. 이런 날은 위험했다. 연세희는 내 팔꿈치 안쪽을 꾹 누르며 속삭였다.

"표정 좀 풀어. 누가 보면 내가 너 괴롭히는 줄 알겠어."

"이거 봐."

"싫은데?"

"놓으라고."

찰칵. 어디선가 셔터음이 들렸다.

"세희야, 적당히 해."

박근이 연세희처럼 슬리퍼를 직직 끌면서 다가왔다. 한 손으로는 핸드폰을 툭툭 두들기면서.

"아까 내가 말한 게 쟤야. 경제 뒤집어놓은 거."

"고정우 엿 먹인 게 너라고?"

연세희가 휘둥그레진 눈으로 나를 보았다.

"대박. 어떻게 해야 자연스럽게 걸리게 만들지 존나 고민했는데, 야, 너 진짜 천재다."

"유주연이 한 건 했지. 아, 근데 패스는 내가 했다?"

박근이 말했다. 패스? 문득 내가 넘어지기 직전, 상체를 숙이던 녀석이 떠올랐다. 그게 박근이었다. 나를 고정우 쪽으로 넘어지게 하려고, 마치 발을 걸듯이 몸을 내민 거였다.

연세희는 내게 팔짱을 끼기까지 했다.

"그런데, 어제는 싫다더니 왜 마음이 바뀐 거야? 야, 사람이 말을 하면 좀 봐."

연세희가 내 어깨를 제 어깨로 살짝 밀었다.

"너 근데, 하룻밤 사이에 눈빛이 좀 달라졌다? 쌔한데? 눈빛 좋다?"

연세희의 말에 박근이 피식 웃으며 나를 흘깃 보았다. 연세희가 다른 한 팔을 뻗어 박근에게 팔짱을 끼며 말했다.

"내가 뭐랬어. 유주연 우리 과라니까?"

"야야, 답 왔다. 곧 온다는데?"

연세희가 내게 고개를 돌리더니 의미심장하게 웃었다.

"고정우 진짜 너 좋아하나 봐."

명치에 어퍼컷이라도 먹은 것 같았다. 찰칵 소리가 설마.

"방금 내 사진 찍어서 보낸 거야?"

35

"올, 눈치 빨라."

박근과 연세희가 키득거렸다. 둘이 내게 말을 건 것은 고정우를 불러내기 위해서였다.

연세희는 내게 1학년 때처럼 왕따 당하기 싫으면 정우를 괴롭히는 데 동참할 것을 요구했다. 아니, 그건 요구가 아니라 협박이었다. 정우에게는 자꾸 기어오르면 유주연도 다시 왕따로 만들어버리겠다고 협박했다. 박근과 연세희는 악마였다.

"주연아, 너도 이따 수거장으로 올래?"

연세희가 팔짱 낀 팔을 흔들며 물었다.

"……."

"내가 어제 말한 거 다시 생각해봐. 기회는 왔을 때 잡는 거야."

연세희는 사뭇 다정하게 말했다. 사람이 한 사람의 인생을 망치는 데 동참하는 것을 기회라고 표현하면서도. 박근은 시간을 확인하더니 말했다.

"슬슬 가자."

팔짱을 푼 연세희가 발랄하게 손을 흔들어 보이더니 박근에게 물 먹은 종이처럼 착 달라붙어서 멀어졌다. 나는 그 자리에 못 박힌 듯 서 있었다. 쓰레기 수거장은 1학년 때 내가 불려가던 곳이었다. 지옥 구덩이는 여전히 같은 자리에 있었다. 거기에 누가 빠지느냐만 바뀌었을 뿐.

층계참에 난 창문으로 교문을 빠져나가는 차들이 보였다. 마지막으로 나간 애들은 운동부인지 체육복 차림이었다. 학교에 있던 사람들이 전부 나가는 것을 보고 나서도 교문에서 눈을 뗄 수가 없었다.

"오지 마라. 제발 오지 마."

나는 저주를 거는 마녀처럼, 주문을 외우는 마법사처럼, 오지 말라는 말만 곱씹었다. 만약 마녀나 마법사 같은 능력이 있었다면 모든 걸 끌어모아 썼을 것이다. 할 수만 있다면, 그럴 수만 있다면.

하지만 네 시가 지나도록 교문을 통해 들어오는 사람은

아무도 없었다. 시험 기간 학교는 늪처럼 진득하게 적막했다. 온다더니, 결국 안 오는 건가.

"다행이다. 하여간에 고정우 이 ■■."

혼잣말로 중얼거리는 욕도 삐 처리가 되는 것에 헛웃음이 나왔다. 긴장이 풀린 탓인지 온몸이 노곤했다. 나는 계단 위에 쭈그려 앉았다. 조금 더 지나면 해가 질 테니까. 그럼 내게 남은 숫자가 흘러가기만을 기다리면 되니까. 모든 악몽에는 끝이 있으니까.

눈을 감았다. 하지만 몇 초 지나지 않아 다시 눈을 뜰 수밖에 없었다. 왜 당연히 정문으로 들어올 거라고 생각한 거지?

"뒷문은 잠겨 있을 텐데."

창가로 다가가 아래쪽을 내려다보니, 교문은 어느새 닫혀 있었다. 수위 아저씨가 선생님들이 퇴근하는 걸 확인한 후 걸어 잠근 것 같았다.

"이런 ■■!"

나는 교실 밖으로, 계단 아래로 단숨에 뛰어 내려갔다. 수거장은 학교 부지 안에서도 구석진 곳에 있었다. 숨이 턱까지 차오르도록 뛰었다. 수거장으로 향하는 길을 곧장 올라갈 순 없었다. 잠깐 고민한 끝에 야구부가 훈련하는 소운동장 쪽으로 달렸다. 거기에 수거장으로 가는 뒷길이 있었다. 야구부 운동장을 지나 창고로 쓰이는 컨테이너를 끼고 돌자, 수거장이 보였다. 익숙한 실루엣이 보였다. 총 여섯이었다.

남자 셋, 여자 둘. 그리고 고정우.

34

달려가면 몇 초 만에 닿을 거리였다.

몇 걸음만 더 가면 무슨 짓거리를 하는지 보일 거고, 거기서 몇 발자국 더 가까이 가면 무슨 말을 하는지도 들릴 것 같았다.

하지만 나는 꼼짝도 하지 않았다. 스스로에게 다짐하듯 되뇌었다. 고정우는 내가 아니다. 나만 생각해. 늘 그랬듯이, 그냥 나만.

내가 뭐 히어로야? 무슨 ■■, 초능력이라도 있어? 다섯 명을 어쩔 건데. 뭘 할 수 있는데. 여기까지 온 것도 개에바야.

어른들은 학교라는 생태계에서 서열을 나누는 것이 결국 성적이라고 생각할지도 모른다. 사회로 나가면 성적 좋은 애들이 윗자리를 차지할 테니까. 실제로 노는 애들도 공부 잘하는 애들은 건들지 않았다. 자신들과는 다른 부류라는 걸 알고 있다는 듯이.

하지만 언제나 예외는 있는 법이다. 어른들이 생각하는 사회에 학교는 들어가지 않겠지만, 우리들 사이에서는 학교가 사회였으니까. 성적이 아닌 다른 잣대로 서열이 갈리는. 누군가는 강하고 누군가는 약하다면, 살아남기 위해서는 강한 쪽에 붙거나 약점을 드러내지 말아야 했다. 약하면 잡아먹히니까. 정우는 약한 부분이 너무 쉽게 드러났다. 전교 1등인데도, 모든 선생님이 주시하는 존재인데도 왕따가 된 건 그래서였다.

2학년 국어 수행평가 시간이었다. 고전 시가 원문 옆에 해석을 적는 것이었다. 담임이 한 글자만 잘못 적어도 1점씩 깎겠다고 엄포를 놓은 탓에 긴장된 분위기 속에서 이루어진 수행평가였다.

수행평가가 끝난 뒤, 박근은 담임을 따라 교무실로 갔다. 고정우가 책상 서랍에 넣어둔 교과서를 몰래 들춰보는 걸 봤다고 말했다. 담임은 말도 안 되는 소리를 한다며 박근을 무시하려 했지만, 박근은 물러서지 않았다. 자기 말고도 제 뒤에 앉은 애들 모두 봤다고 목소리를 높였다. 담임이 싸늘한 얼굴로 물었다.

"고정우가 왜 그런 짓을 해?"

"그거야 저도 모르죠."

"증거 있어? 없지?"

"고정우 불러서 여기서 다시 써보게 하면 되잖아요. 그럼 제 말이 진짠지 아닌지 답 나오잖아요?"

담임이 코웃음을 쳤다.

"그런데 다른 애도 아니고 네가 왜 이런 얘기를 하니? 넌 공부에 관심 없잖아. 막말로 정우가 책을 봤다 치자, 그래서 점수 깎인다고 해도 너랑은 아무 상관 없지 않니? 설마 너 수시로 대학 갈 생각이니?"

박근은 아무 말도 하지 못했다. 물을 뒤집어쓴 것처럼 서서 담임을 쳐다보기만 할 뿐이었다. 옆에서 보다 못한 수학 선생님이 담임에게 한마디 했다.

"정 선생님. 어떻게 학생한테 그런 말을 하세요? 흥분하신 것 같은데, 그래도 이건 아니죠."

수학 선생님의 만류에도 담임은 멈추지 않았다.

"이 문제는 쌤이 알아서 할 테니까, 너넨 반으로 돌아가. 뒤에 너넨 뭐니? 교무실까지 쫄래쫄래 따라와서는."

쫄래쫄래 따라온 무리에는 나도 있었다. 하필이면 박근 뒷자리에 앉아 있었던 탓에. 선택권은 없었다. 내게도, 내 옆에 선 애들에게도. 박근이 가자면 가는 거였다. 아니, 가야 하는 거였다.

"유주연 네가 말해봐. 정우가 그러는 거 진짜 봤니?"

모든 시선이 내게 꽂혔을 때, 종이 울렸다. 수업 시작을 알리는 종소리였다. 담임은 종소리에도 아랑곳하지 않고 나를 보았고, 박근도 나를 보고 있었다.

나는 대답할 수 없었다. 나도 봤으니까.

33

결국 나는 입을 열지 못했다.

차마 내 입으로 일러바칠 순 없었다. 하지만 내 침묵은 오해될 수밖에 없었다. 내가 박근한테 엉겁결에 끌려온 거라고 생각했는지, 수학 선생님은 종 쳤으니 얼른 교실로 돌아가라며 교무실 밖으로 떠밀었다.

여전히 제자리에 서 있는 박근을 쳐다보지 않으려 애쓰며 교무실을 나서는데, 등 뒤로 다른 국어 선생님이 담임에게 말하는 것이 들렸다.

"정 선생님. 정우 교무실로 불러서 정확하게 확인하죠."

"이 선생님, 설마 애 말을 믿으시는 거예요?"

"박근, 너 교실 가서 고정우 불러와."

"이 선생님, 지금 뭐 하시는 거예요?"

"정 선생님, 여기까지 하세요. 정우 똑똑한 거 정 선생님만 아는 거 아니에요. 근데, 일에는 순서가 있고 절차라는 게 있어요. 일 더 키우지 말고 정우 불러요."

그날 점심시간까지 정우는 교실로 돌아오지 못했다. 반장이 교무실에 고정우 엄마가 달려왔다는 소식을 전했다. 누구 인생을 망치려는 거냐며 난리를 치고 있다는 말에, 박근과 함께 교무실로 갔던 애들에게로 질문이 쏟아졌다.

"너네 진짜 봤어? 아니지?"

"그랬을 리가 있냐. 어차피 했어도 10점 깎이는 거 아니야? 전교 1등인데 뭐."

"멍충아, 전교 1등이니까 문제지. 그런 애들한테는 1점 깎이는 것도 치명적일걸. 개네 엄마가 눈 돌아서 올 만하지."

"아, 근데 말이 안 돼. 고정우가 왜."

애들 모두 박근을 믿지 못했다. 박근이 고정우를 괴롭히기 위해 지어낸 거짓말이라고 믿었다. 누구도 정우가 상춘곡 해석을 외우지 못했을 거라고는 생각지 않았다.

하지만 나는 알고 있었다. 정우는 2학년에 올라온 후로 공부를 제대로 하지 못했다. 박근이 괴롭혔으니까. 그날 정우는 수행평가 전 쉬는 시간에 화장실을 갔다가 수업이 시작되기 직전에야 돌아왔다. 벌게진 얼굴로. 조금 후에 박근이 뒷문으로 들어왔고.

연세희랑 사귀기 전까지 박근의 별명은 빡뿔이었다. 딱히 뿔이 붙을 이유도 없는데 별명이 된 건 쌍자음을 붙이면 세 보이니까, 애들은 박근이 세 보이려고 자기가 붙인 별명일 거라고 추측했다. 빡뿔은 꼭 라이터를 쥔 주먹으로 명치만 때렸다. 중학생 때 서울에서 같은 반 애를 병원에 실려 갈 정도로 때려서 재판까지 받았는데, 그 후 얼굴에는 절대 손대지 않는다고 했다. 그러니 정우의 얼굴은 멀쩡할 것이다. 오늘도.

하지만 내일도 그럴까. 내가 여기서 뭉그적거리며 시간만 죽이다가 사라진 이후에, 정우는 어떻게 될까. 엄마 차를 타고 집으로 갔던 애가 학교로 다시 왔다. 박근이 내 사진을 찍어 보내자마자. 아랫입술이 떨려왔다.

나는 다시금 속으로 중얼거렸다. 고정우는 내가 아니라고. 지금 남을 돕기는커녕 내 앞가림하는 것만도 벅차다고.

그런데도, 화가 났다.

32

"앤 뭐냐."

연세희 뒤에 서 있던 여자애가 나를 보곤 시큰둥하게 물었다. 지금이 돌아설 마지막 기회였다. 이상한 애라고 욕 좀 먹겠지만.

그런데 정우가 나를 보고 있었다.

"기회는 왔을 때 잡으라며?"

내가 연세희에게 말했다. 연세희는 고개를 기울이며 의아하다는 듯 우습다는 듯 미묘한 웃음을 지어 보였다.

"아, 그냥 해본 말이었는데? 진짜 왔네?"

"안 될 거 있어?"

떨지 않고 말했다. 욕 없이도. 나는 지금 욕을 할 수 없다. 거울 속 내가 걸어놓은 망할 저주 때문에 욕이 삐 소리로 바뀌는 순간, 이 기싸움은 무너질 것이다. 나는 내가 해야 할 말과 행동만 생각했다. 욕을 내뱉지 않고도 떨지 않고 할 수 있다. 그것만 되뇌었다. 연세희가 다른 여자애에게 말했다.

"내가 같이 하자고 했어."

"왜?"

여자애가 묻자, 연세희가 환하게 웃으며 대답했다.

"재밌을 것 같아서."

그들이 나를 끌어들이려는 이유는 간단했다. 고정우를 더 비참하게 만들기 위해서. 작년 왕따가 올해 왕따를 괴롭히는 게 재밌을 것 같아서. 한 사람에게는 지옥일 수도 있는 일이 그들에게는 고작 그런 거였다.

연세희가 내게 눈짓했다. 한번 해보라는 듯이. 나는 숨을 들이마시고 정우에게 바짝 다가갔다.

"너 때문에 내 인생이 꼬였어. 내가 여기 왜 온 줄 알아? 쟤가 나보고 같이 하자더라. 너 밟고 묻어버리는 거."

정우는 떨리는 입술을 깨물며 나를 보았다.

"다 너 때문이야. 너 때문에 쟤들이 날 여기 끌어들인 거야. 너 때문에 내가 이 지옥을 떠났고, 그때부터 모든 게 잘못됐어."

학교에는 가해자가, 피해자가, 그리고 방관자가 있었다.

대부분은 무채색을 띤 방관자였다. 선명한 빛깔을 띤 가해자와 피해자는 소수였다.

방관자에 남으면 안전할 수 있었다. 학교에서는 다수가 아닌 소수인 것, 평범하지 않은 것, 눈에 띄는 것이 제일 끔찍했다. 그런데 연세희는 나를 가해자로 끌어들이려 했고, 고정우는 내가 피해자 옆에 머물러주기를 바랐다. 둘 중 무엇도택하고 싶지 않았던 나는 무작정 도망쳤다.

몸을 돌려 연세희와 박근을 보았다. 둘은 내가 뭘 어쩌려는 건지 아직 눈치채지 못한 것 같았다. 나는 떨리는 손을 숨기기 위해 주머니에 꽂아 넣으며 말했다.

"내 눈빛이 달라졌다고? 왜 그런 줄 알아? 내가 여길 나가서 어떤 삶을 살았는지 니들이 알아? 지난 5년이 날 머리부터 발끝까지 바꿔놨거든. 학교 밖으로 나가면 너넨 아무것도 아니야. 여기가 지옥이면 거긴……. 거기서 너넨 진짜 아무것도 아니라고."

박근이 피식 웃었다.

"뭐라는 거야. 혼자 영화 찍냐?"

"이게 영화였으면 넌 오늘 나한테 죽었어. 몇 번이고 죽고 죽고 또 죽었겠지. 영화가 아닌 걸 다행으로 생각해."

"미쳤냐?"

"아니. 야, 영화 얘기 나온 김에 비밀 하나 말해줄게. 연세희, 너 오디션 또 떨어졌지? 대답 안 해도 뻔해. 그래서 고정우 족치는 거잖아. 너 왜 자꾸 떨어지는 줄 알아? 네 연기, 그 거 다 가짜니까. 입만 열면 가식이 넘치는데 그걸 감독이 모 르겠냐? 영화가 우스워? 드라마가 만만해?"

내가 말을 마구 쏟아내는 동안에도 연세희는 여전히 웃음 을 매달고 있었다.

"더 해봐."

옆에서 박근이 거들었다.

"그래, 더 해봐. 죽여버리기 전에."

"죽여보든지. 근데 넌 절대 날 못 죽여. 난 여기서 안 죽거 든? 내가 죽을 장소는 여기가 아니야."

31

문득 입술에 물기가 느껴졌다.

나도 모르게 눈물이 흐른 것이다. 손을 들어 눈물을 닦진 않았다. 그냥 흐르게 내버려둔 채, 연세희에게 바짝 다가섰 다.

"박근이랑 휘젓고 다니니까 네가 뭐라도 된 거 같지? 지금 은 그렇겠지. 넌 네가 되게 똑똑한 줄 알지? 얼굴에 상처 안 내면 아무도 모를 것 같지? 정말 아무도 모르겠어? 내가 알고, 고정우가 알고, 이 학교 애들이 다 아는데? 박근은 절대 널 배신 안 할 것 같아? 데뷔해서도 사귈 거야?"

순간 연세희의 얼굴에서 웃음이 사라졌다.

"박근 넌 연세희랑 뭐 결혼이라도 할 거야? 평생 갈 거 같애? 옆에서 뭐 하게? 매니저? 연세희가 자기 흑역사 알고 있는 애를 옆에 두겠어? 어디 이 짓거리 맘껏 더 해봐. 연세희 넌 데뷔하자마자 망할 거야. 바로 오늘 때문에."

잠시 정적이 흘렀다. 정적을 깨뜨린 건 박근이었다. 박근은 소리 내 웃더니 내 멱살을 쥐었다.

"다 했냐?"

"아니, 아직 남았어."

말을 채 끝맺기도 전에 박근이 손을 들어 내 뺨을 후려쳤다. 고개가 휙 돌아갔다. 고정우도, 다른 애들도 움찔하는 게 보였다. 얼굴엔 손 안 댄다더니 개뻥이었잖아, 생각하는 순간 입안 어딘가가 터졌는지 피 맛이 났다. 혀로 입안을 훑는데 박근이 내 고개를 거칠게 쥐어 올렸다. 다시 뺨을 내려쳤다. 이번에는 고개가 아니라 몸이 돌아갈 만큼 엄청난 힘이었다. 나는 기울어지는 몸을 간신히 붙들면서 박근을 향해 주먹을 날렸다. 주먹 끝에 닿은 몸은 꼭 돌덩이 같았다. 모든 말초 신경이 번쩍거렸다. 손가락 마디마디가 풍선처럼 부풀어 금방이라도 터져버릴 것 같았다.

하지만 통증도 잠시였다. 어느새 나는 바닥에 쓰러져 있었고, 아무렇게나 걷어차는 발길질이 느껴졌다. 정신없이 바닥을 구르는 와중에도 낄낄대고 웃는 소리가 들렸다.

"미친년이 입만 살아가지고."

"지가 이렇게 처맞을 건 몰랐나 보지."

그 사이로 "유주연!" 하고 외치는 고정우의 목소리가 섞였다. 얼마 뒤 발길질이 멎더니 박근의 짜증 섞인 목소리가 들렸다.

"야, 너네 둘이 진짜 사귀냐? 뭔데 깝쳐?"

꾹 감고 있던 눈을 뜨자 정우가, 정우를 에워싼 다른 남자애들이 보였다. 그들이 내지르는 발길질도, 박근이 내게서 등을 돌리는 것도. 나는 통증을 삼키곤 재빨리 주변을 살폈다. 연세희 옆엔 여자애 하나뿐이었다. 생각할 틈도 없이 벌떡 일어나 연세희에게 뛰어갔다. 등까지 내려오는 긴 머리채를 휘어잡았다. 연세희가 비명을 질렀다. 다른 여자애가 내 손을 떼어내기 전에 얼른 머리채를 힘껏 잡아당겼다. 손가락까지 엉켜들도록.

"너네, 고정우 한 대만 더 때려! 그럼 연세희 얼굴 오늘 끝장날 테니까!"

나는 숨을 헐떡거리며 연세희의 얼굴을 벽에 바짝 닿게끔 힘을 주었다. 여자애가 주춤했다.

"너네가 왜 고정우를 찍었는지 알아. 나랑은 다르니까. 쟤는 신고 못 할 거라고 생각한 거잖아. 전학이고 뭐고 버틸 거라고 생각한 거잖아. 아냐? 꽤 좋은 타깃이라고 생각했겠지. 근데, 니들 틀렸어."

나는 발버둥치는 연세희의 머리채를 더 힘껏 잡아당기면서 그 애 귀에 대고 짓씹듯이 내뱉었다.

"진실을 알려줄까? 넌 평생 데뷔 못 해. 왕따로 사람 죽인 게 평생 널 따라다닐 거거든. 박근, 넌 애한테 버림받아. 오디션 붙자마자 아주 잔인하게 차이지. 스무 살이 되기 전에 헬멧도 안 쓰고 오토바이 타고 달리다가 트럭에 치여 죽어. 그래서 연세희는 자기 과거가 묻혔다고 좋아하고, 당연히 박근네 장례식엔 안 가."

"미친년아, 이거 안 놔?"

연세희가 소리쳤다. 언제나 웃음기를 담고 있던 나긋나긋한 목소리가 아닌, 거칠고 새된 목소리였다. 나는 연세희의 머리를 벽에 짓눌렀다. 비명이 작아졌다.

"아니, 난 안 미쳤어. 다 미래에서 내가 본 것들이야."

조금 전과는 다른 정적이 흘렀다. 미친년인지 아닌지 가늠해보는 것일지도 몰랐고, 스무 살도 되기 전에 죽는다는 말에 순간적으로 할 말을 잃은 것일지도 몰랐다. 하지만 내 알 바는 아니었다. 나는 계속 말했다.

"하긴 연세희가 장례식 안 가기로 유명했지. 고정우 때도 안 갔으니까. 왜? 놀라워? 정우가 죽을 줄 몰랐어? 전교 1등이라서? 미래가 보장되어 있으니까? 이제까지 잘 버텼으니

까 앞으로도 잘 버틸 거라고 생각했어? 웃기지 말라 그래. 니
들이 하는 짓거리가 죽음으로 이어질 거란 생각은 안 해봤
어? 니들이 그러고도 사람이야?"

나는 사방으로 휘발유를 뿌려대듯 발악했다. 찬물을 뒤집
어쓴 것처럼 주위가 적막하리만치 고요해졌다. 정우가 내게
물었다.

"내가…… 죽어?"

30

입을 다물었어야 했다.

미래가 독이 되기를 바라면서 앞뒤 재지 않고 퍼붓는 바
람에 멈춰야 할 때를 몰랐다. 독은 결국 정우에게 돌아갔다.
나는 이 순간이 차라리 영화 속 한 장면이기를 바랐다. 경찰
사이렌이 울린다든지, 아니면 수위 아저씨가 달려온다든지,
누구든 나타나 이 정적을 흩어주기를 간절히 바랐다. 하지만
아무도 나타나지 않았다. 사위가 고요했다.

정적을 깬 건 연세희였다. 제 머리채를 쥔 손에서 힘이 빠
져나가는 걸 느낀 연세희가 얼른 내 팔을 뿌리쳤다. 벽에 긁
힌 뺨을 손으로 감싸며 연세희가 소리쳤다.

"아, 저 미친년 진짜. 죽여버릴 거야!"

공기를 찢을 듯한 목소리에 가장 먼저 움직인 건 박근이 아니었다. 연세희와 늘 함께 다니던 여자애였다.

"조진주! 어디 가?"

"집에."

"뭐? 집? 지금 집에 간다고?"

"어. 난 빠질래."

"야, 내가 이렇게 당했는데 어딜 간다는 거야?"

"내가 왜? 애초에 쟤네 건드린 건 너잖아? 아, 몰라. 피곤해. 난 집에 갈 테니까 너네 알아서 해."

조진주가 사라지자 다른 남자애 둘도 시선을 주고받더니 한 걸음 뒤로 빠졌다.

"뭐. 너네도 집에 가냐?"

박근이 싸늘하게 묻자, 그들 중 하나가 답했다.

"야, 너도 이쯤 해라."

"이 새끼, 쫄았네?"

박근의 빈정거림에 다른 남자애 하나가 성을 냈다.

"일 커지면 어쩔 건데? 니가 책임질 거야?"

"대답 못 하지? 우린 간다."

하지만 박근은 대답을 못 한 게 아니었다. 선택한 대답이 말이 아닌 주먹이었을 뿐. 나는 얼른 정우의 손목을 잡아챘다. 그리고 무작정 뛰었다. 뒤에서 우리를 향한 건지, 조진주를 향한 건지, 아니면 다른 두 남자애들을 향한 건지 알 수 없는 외침과 욕설이 들려왔지만, 아무도 우리를 따라오지는 않았다. 박근이 먼저 주먹을 날렸으니 어쩌면 지금쯤 서로 주먹질을 하고 있을지도 몰랐다.

"야, 유주연!"

"입 다물고 일단 뛰어!"

담장을 따라 달리다가 뒷문이 열려 있는 것을 발견했다. 나는 정우의 손목을 놓고 얼른 등을 떠밀었다.

"너 먼저 가."

정우는 별말 없이 뒷문으로 나갔다. 하지만 내가 뒤따라 나가는 기색이 없자 뒤돌았다. 나는 문 안쪽에 서서 정우를 보며 말했다.

"빨리 집에 가. 지금 바로."

"너는?"

"나는 못 나가. 얼른 가."

"왜 못 나가?"

"미치겠네. 야, 잔말 말고 일단 좀 가."

"너라면 가겠어? 내가 죽는다며? 그런 얘기 듣고도 너라면 갈 수 있겠냐고."

"그거 걔들 겁주려고 한 소리야. 다 거짓말이야."

"……."

"아, 빨리 좀 가라고. 이렇게 되면 내가 끼어든 보람이 없잖아."

"우리가 왜 도망쳐야 돼?"

"왜 도망치긴. 그걸 내가 설명해야 돼?"

멀리서 무언가가 와르르 넘어지는 소리가 들렸다. 쓰레기 수거장 쪽이었다.

"너, 저기 다시 가려는 거지?"

"아니야."

정우는 내 말을 믿지 않았다. 혼자 두고 갈 수는 없다며 내 손목을 잡고 끌어당기려 했다. 나는 소스라치듯 정우의 손을 뿌리치곤 뒤돌아서 달렸다. 그럼 포기하고 집에 갈 줄 알았다. 하지만 정우는 집에 가는 대신 내 뒤를 따라 달렸다. 뭐라고 한소리 할까 싶었지만, 박근인지 다른 남자애들인지 욕하는 소리가 가까워지고 있었다. 나는 정우를 향해 조용히 하라는 사인을 보내면서 천천히 발을 옮겼다. 우리는 발소리를 죽인 채 다른 길로 돌아갔다.

소리에서 멀어지자 정우가 입을 열었다.

"유주연."

"죽는다는 거 거짓말이라고. 너 오늘 안 죽어."

"오늘 맞네."

"……."

"놀랄 거 없어. 계속 생각하고 있던 거니까. 내가 궁금한 건, 네가 그걸 어떻게 알았느냐는 거야. 너 진짜 미래에서 왔어?"

29

"그럼 넌 왜 죽으려고 한 건데?"

"……."

"그냥 전학 가. 그럼 되잖아?"

"전학 못 가."

"혼자 끙끙대지 말고 부모님한테 말해."

"이미 말했어."

"……이미 말했다고?"

그런데도 방관한다고? 그럴 수가 있나? 내 생각이 표정으로 드러났는지 정우가 씁쓸하게 덧붙였다.

"내가 내신이 좋잖아."

고정우의 내신은 좋은 정도가 아니라 완벽했다. 거의 모든 과목이 1등급이었다. 하지만 그런 게 이유가 될 수는 없었다.

"내신만 좋아. 모의고사는 그 정도가 안 돼."

"그게 무슨 상관이야?"

"입시에 들어갈 내신이 3학년 1학기까지 남았잖아. 부모님은 내가 다른 학교에서는 이런 내신을 딸 수 없을 거라고 생각하거든. 그리고 모의고사 점수로는 아빠 모교에 들어갈 수 없으니까."

묻지 않아도 알 것 같았다. 최상위권 대학을 나오셨겠지.

그때 어렴풋이 고정우의 아버지에 대한 소문이 떠올랐다. 서울의 유명한 대학병원 의사라던 소문이.

"원래 집은 서울인데 엄마랑 나만 여기 따로 집 얻어서 내려와 있는 거야. 고등학교 졸업할 때까지만."

기러기 아빠는 들어봤지만, 고정우의 이야기는 그것과는 사뭇 달라 보였다. 고정우와 그의 어머니가 택한 건 외국이 아니라 한국이었다. 서울이 아닌 내신 따기 좋은 지방이었다.

정우가 주머니에 손을 넣은 채 앞서 걸었다.

"주말마다 서울 가긴 해. 대치동에 할머니 집이 있거든. 거기서 학원 다녀. 방학 때도 마찬가지고. 엄마랑 서울 집으로 가서 아침부터 밤까지 일타 강사들 수업 돌고. 그런데도 내모의고사는 바닥이야."

"너 모의고사 잘 나오잖아. 우리 학교 1등 아냐?"

"입시는 전국적으로 보는 거잖아. 난 안 돼. 암기만 좋거든. 아빠랑 다르게 수학을 못 해. 이해력이 부족하대. 그래서 심화 문제는 못 푸는 거고. 수학 때문에 이과에서 문과로 돌릴 때도 집에서 난리였어."

"이과여야 의대 갈 수 있으니까?"

"그렇지. 알아보니까 문과도 의대 갈 수 있긴 해. 수능 성적이 엄청나게 좋으면 갈 수 있대. 그런데 난 이도 저도 아닌 거지. 난 무조건 내신에 걸어야 돼. 내신으로 의대 가는 건 어렵겠지만, 아빠 모교는 갈 수 있을 테니까. 거기까지가 부모님이 허락해준 마지노선이야."

정우는 앞만 바라보았다.

"이 학교가 아니면 난 답이 없어. 전학 가면 내신이 또 어떻게 바뀔지 모르는 거고. 그걸 쟤들도 아는 거지. 내가 절대 여기를 벗어날 수 없다는 걸."

"그럼 걔들이 떠나게 만들어. 학폭으로 신고해."

정우는 발걸음을 멈추고 나를 돌아봤다.

"그래봤자 안 될 거라는 건 네가 이미 잘 알잖아."

잠시 입을 다물더니, 정우가 이어 말했다.

"사실 그것도 집에 이미 말해봤어. 그런데 부모님이 절대 안 된대. 학폭 고발하면 나한테도 오점이 남을 거라고."

정우는 학교에 신고할 수도, 집에 도움을 요청할 수도 없었다. 정우에게도 여기는 지옥이었다. 나는 무슨 말을 해야 할지 몰라 한동안 바닥만 쳐다보다 신발 끝에 닿은 돌멩이에 대고 말하듯 툭 말을 꺼냈다.

"그래도 죽지 마."

"……왜? 내가 왜 죽으면 안 되는데?"

"네가 살아야 나도 살아."

28

"말도 안 돼."

미간을 찌푸린 정우가 내 말을 간단하게 무시했다. 나는 따지듯 물었다.

"왜 말이 안 돼?"

"왜 내가 살아야 네가 살아? 내가 죽는다고 네가 죽는 것도 아닌데?"

"그걸 네가 어떻게 알아? 내가 죽을지 안 죽을지?"

"미래에서 다 보고 왔다며?"

"그건 믿기냐?"

"아니, 안 믿지. 안 믿으니까 하는 말이지."

이렇게 나오겠다 이거지?

"아까는 믿는다며?"

"진짜 미래에서 왔냐고 물었지, 믿는다고는 안 했어."

잘난 척하는 걸 보니 머리를 한 대 쥐어박고 싶었다.

"너 이름 바꿔라. 비호감 어때?"

고정우가 잠시 생각하더니 입을 열었다.

"그럼 너도 이름 바꿔. 싸가지. 아니다. 사기꾼."

"내가 왜 사기꾼이야?"

"사기꾼이 싸가지보다 나아? 왜 싸가지가 아니라 사기꾼에 발끈해?"

"싸가지는 성격 문제지만, 사기꾼은 법적 문제를 떠나서 가치관 문제라고. 너 지금 이게 웃기냐?"

"하여간에 한마디를 안 져."

정우는 킥킥대며 웃고 있었다. 반면 나는 설명할 수 없는 짜증으로 범벅이 되었다. 바보 같은 표정을 짓고 있을 게 뻔했다. 정우가 내 눈치를 보며 간지럽히듯 살살 물었다.

"또 나랑 말 안 할 거야? 야, 사기꾼."

"닥쳐라, 비호감."

정우와 말하지 않겠다는 내 결심은 3초 만에 깨졌다. 정우의 얼굴에 미소가 번졌다.

"넌 속도 없냐. 조금 전까지는 연근한테 처맞고, 방금 전엔 네 죽음에 대해서 이야기하고 있었거든? 그런데도 웃음이 나와?"

"네 말이 맞아. 나 진짜 속없다."

나는 마른세수를 했다. 돌아온 순간 복잡해질 거라는 건 알았지만, 이렇게 흘러갈 거라고는 예상치 못했는데. 하긴 나는 추리력이 꽝이었다. 스릴러 영화를 볼 때면 끝끝내 범인이 누구인지 알아차리지 못했듯이, 정우가 그런 선택을 하리라는 것도, 내가 이렇게 망가져버리리라는 것도 몰랐다.

아니, 정말 몰랐을까. 애써 무시한 게 아니고? 교통체증이 심한 주말 저녁 도로 위처럼 머릿속이 시끄러웠다. 정우가 내게 담담히 말했다.

"그런데 속없어도 이해해주라. 누구랑 제대로 대화한 게 올해 처음이야."

나는 머쓱해졌다. 내게야 어제가 빛바랜 과거였지만, 정우에게는 24시간 전 일이었을 테니까. 따지고 보면 나야말로 일관성이 없었다. 그러니까, 어제까지만 해도 화장실 앞까지 따라와서 얘기 좀 하자던 정우를 기어코 밀어낸 거였으니까.

"야, 우리 얘기했잖아. 기억 안 나? 너 여자 화장실 앞에서 구질구질하게…… 그랬잖아."

"그것도 대화로 치는 거야?"

"……."

"다른 사람한테 말하든지, 일기를 쓰든지, 아니면 정신과 가서 상담이라도 받든지. 나한테 이러지 말고."

내가 했던 말을 고스란히 따라 한 정우가 덧붙였다.

"이게 무슨 대화냐?"

아무리 어제 일이었다고는 해도 한 글자도 틀리지 않다니, 얘는 진짜 천재인가. 어쩌면, 하고 퍼뜩 다른 생각이 들었다. 혹시 이게 문제였을까. 무엇 하나 쉽게 잊을 수 없는 기억력 때문에 렉이라도 걸린 것처럼 아픈 구간이 반복됐을지도 모른다는 생각이 들었다.

온갖 감정이 신물처럼 올라왔다. 이 정도면 내가 할 일은 다 했다고 생각했다. 연근 패거리한테 맞지 않게, 그 자리에서 피하게 도와줬으니까. 그런데 이거면 충분한 걸까. 나는 이러려고 여기로 돌아온 걸까.

나는 대체 왜 여기에 있는 걸까.

"어이 비호감, 따라와봐. 내가 사기꾼이 아니라는 증거를 보여줄 테니까."

정우는 순한 리트리버처럼 따라왔다. 내가 멈춰 선 곳은 학교 정문이었다.

"잘 봐."

운동화 끈을 제대로 묶었다. 이런 긴장되는 순간에 슬랩스틱을 보여줄 순 없으니까. 나는 올림픽에 참가한 선수처럼 숨을 크게 들이마셨다가 내쉰 후 정문을 향해 전력 질주했다. 정문에 가까워질수록 이를 악물었다.

혹시? 어쩌면 될지도 몰라!

머릿속이 개구리를 풀어놓은 것처럼 와글거렸다. 나는 달렸다.

27

빵!

만약 내 삶이 웹툰이었다면, 이 순간 화면 전체를 크게 채

울 글자가 눈앞에 보이는 것 같았다. 나는 투명 장벽에 막혀 뒤로 나뒹굴었다.

"야! 유주연! 유주연!"

"아, 시끄러."

"내 말 들려?"

"뼈 부러진 것 같아. 비켜봐."

"괜찮은 거야?"

"소리 좀 그만 질러. 귀 아프다고."

"……방금 그거 뭐야?"

"말했잖아. 증거 보여준다고."

"이게 네가 미래에서 온 거랑 무슨 상관인데? 아니, 어떻게 사람 몸이 그렇게 뒤로……. 너 꼭 장풍 맞은 거 같았어."

"장풍?"

"원기옥 몰라?"

"그건 또 뭐냐. 아우, 허리야. 야, 좀 잡아봐."

나는 부축을 받아가며 벤치에 앉았다. 설명을 요구하는 정우에게 간단하게 말했다.

"갑자기 깨보니까 5년 전으로 돌아왔더라고. 그래서 학교 밖으로 나가보려고 했는데 안 돼. 네가 방금 본 것처럼 정문은 고사하고 다른 어디로도 안 되더라고. 무슨 투명 장벽 같은 게 서 있는 것처럼. 아, 그리고 이거."

나는 명찰 끝을 손가락으로 가리켰다. 그런데 정우는 눈빛에나 표정에 변화가 없었다. 혹시나 했는데 역시나였다. 나는 어색하게 손을 털며 말했다.

"어쨌거나 이걸로 사기꾼이 아니란 건 증명했지?"

"그래, 싸가지로 하자."

"킹받네."

"뭘 받아?"

"이게 최근에 생긴 말이었나. 넌 아직 몰라?"

"좀, 말을 조리 있게 해봐. 내가 똑똑하긴 한데, 네 말이 너무 성의가 없고 상황이 황당해서 따라가기 힘드니까."

"나도 이해하기 힘든 걸 어떻게 조리 있게 설명하냐."

"처음부터 차근……"

그때였다. 정우의 핸드폰이 울렸다. 흘긋 보니 어머니에게서 전화가 온 모양이다. 정우는 전화를 받지 않았다. 그러자 액정 위로 카톡이 테트리스처럼 차곡차곡 쌓였다.

너 어디야.

독서실에서 전화 왔어.

문제지 산다고 외출증 받아서

다시 복귀 안 했다던데.

고정우.

대답해.

옆에서 카톡이 쌓이는 걸 보는 것만으로도 숨이 막혔다. 정우는 핸드폰을 가만히 내려다보고만 있었다.

"가야 되는 거 아니야?"

"가기 싫어."

나는 어찌해야 할 줄 몰라 멀거니 앞만 보았다. 시간이 지나도 연근 무리는 오지 않았다. 아직까지 싸우고 있진 않을 테고, 뒷문으로 나간 것 같았다. 정우에게 가라고 할 수도, 계속 있으라고 할 수도 없었다. 그러는 사이에도 정우의 핸드폰에는 카톡이 계속 쌓였다.

학교니?

거긴 왜 갔어?

고정우. 전화 받아.

내가 놀라서 보자 정우가 나를 힐끔 보고는 낮은 목소리로 말했다.

"엄마가 내 핸드폰에 위치 추적 설정해놨거든."

정우는 족쇄 같은 핸드폰을 쏘아보았다. 보다 못한 내가 말했다.

"가봐. 독서실도 가야 하잖아."

"싫어."

두 번째였다. 정우의 옆모습을 물끄러미 바라보았다. 내가 알고 있는 과거에서, 정우는 학교 옥상에서 뛰어내렸다. 시험이 끝나고 모두가 없는 시간에 교장은 자기소개서 사건은 덮을 수 있었지만, 정우의 죽음은 덮지 못했다. 옥상에서 정우가 떨어진 얼마 뒤, 내 핸드폰은 불이라도 난 것처럼 반

짝였다. 정우가 죽었다는, 너는 뭐 아는 거 없냐고 묻는 카톡들 때문이었다. 나는 정우가 마지막 장소로 학교를 택한 건 따로 남기지 않은 유서를 대신하는 것이라고, 어떤 메시지를 전하고 싶었던 것이라고 생각했었다.

나는 정우랑 대화를 나누었다. 잠깐이지만 실소를 터뜨렸고. 이거면 된 걸까? 정우를 이렇게 보내도 되는 걸까.

"정우야."

"가야겠다. 전화 계속 안 받으니까 엄마가 벌써 차 끌고 오는 것 같아."

"……."

정우는 핸드폰으로 답을 보냈다. 그제야 폭풍처럼 몰아치던 카톡이 그쳤다. 완전히 그친 건 아니었지만. 정우가 가방을 한쪽 어깨에 걸치면서 일어섰다. 그 순간 본능적으로 알 수 있었다. 고정우를 이렇게 보내면 안 된다. 생각을 정리할 새도 없이 입을 열었다.

"이따 다시 오면 내가 어떻게 학교에 갇히게 된 건지 말해 줄게."

26

"지금 말하면 안 돼?"

"안 돼. 얘기가 길어. 그리고 너 지금 가야 하잖아."

"그럼 이따 전화로 얘기해줘. 내 번호 있지?"

"……."

여자 화장실 앞에서, 내가 보는 앞에서 내 번호를 지우라고 정우에게 고래고래 소리치던 순간이 다시 떠올랐다. 내가 했던 말을 복사한 것처럼 그대로 말하면서도, 정우는 그 일에 대해서는 언급하지 않았다. 그때 화장실 앞에서 내가 정우를 놓아버렸다. 그래서 정우가 떨어진 걸까.

"나 핸드폰 없어."

"잃어버렸어?"

"여기 와보니까 없더라고. 그래서 말인데 나 핸드폰 좀 잠깐 빌려줄 수 있어?"

정우는 잠금을 해제한 뒤 핸드폰을 내밀었다. 번호를 찍었다. 까맣게 잊은 줄 알았던 번호가 자연스럽게 눌렸다. 첫 글자를 적는 것부터가 난관이었지만 엄지를 움직여 메시지를 적었다.

엄마 나 주연이. 지금 학교에 있어. 이거 친구 폰이야. 여기로 연락 좀 줘. 아니면 학교로 데리러 오거나. 교실에 있을게.

전송 버튼을 누른 뒤 핸드폰을 돌려주었다. 정우는 가방을 메고 핸드폰을 챙기며 물었다.

"어디 있을 거야?"

"교실에."

"교실이 열려 있어?"

"창문으로 들어가면 돼."

"나 못 올 수도 있어. 만약 엄마가 아빠까지 호출한 거면 집으로 바로 가야 하니까. 상황 보고 다시, 아 연락 못 하지. 그럼 월요일에⋯⋯."

"월요일은 안 돼."

"만약 내가 못 오면⋯⋯."

"늦어도 꼭 와."

정우의 핸드폰이 또 울렸다. 차 소리가 들렸다. 정우는 엄마가 차에서 내려 학교로 들어가기 전에 서둘러 뛰어갔다. 뒤를 돌아보는 실수는 저지르지 않았다. 이윽고 뭐라 말하는 소리, 차 문이 열리고 닫히는 소리가 나더니 차가 교문을 빠져나갔다.

"괜찮겠지?"

정우가 떠나자 곧 후회가 밀려왔다. 정우 핸드폰으로 엄마에게 연락한 게 잘한 걸까. 엄마에게 답이 올까. 엄마가 올까.

엄마에게 문자를 보낸 건 충동적인 생각이었다. 엄마에게서 답이 오든, 오지 않든 정우는 내가 엄마 연락을 기다리고 있다는 걸 알 테니까, 답장이 왔는지 알려주기 위해서라도 다시 학교로 올 것이다. 집에서든 학원에서든 끔찍한 일을 벌이지 못하도록 문자를 인질 삼아 붙들어둔 것이었는데, 그런데, 엄마가 올까.

해가 지고 있었다. 나는 벤치에서 일어나 교실로 갔다. 문은 잠겨 있었다. 창문 단속은 꼼꼼하지 못했지만. 창문을 넘어 교실로 들어가 책상을 길게 이어 붙인 후 거기에 누웠다.

머릿속은 어느새 엄마 생각으로 꽉 들어찼다. 마지막으로 엄마를 본 건 재판정에서였다. 아니다. 그날 엄마는 재판정에 나오지 않았다. 조금 늦게 아빠가 왔었다. 내가 재판정에 선 건 절도 때문이었다. 사회봉사 명령이 떨어지자 아빠는 한숨을 길게 내쉬었다. 그것이 안도감에서 비롯된 것인지 답답함에서 비롯된 것인지는 알 수 없었다.

아빠는 검정고시를 치러보는 게 어떻겠냐고 물었지만 나는 대답하지 않았다. 짤막한 침묵 뒤에 아빠는 일하던 중에 온 거라면서 다시 차를 몰고 부산으로 내려갔다. 그날, 느지막이 엄마에게서 연락이 왔다. 어떻게 됐냐는 간단한 문자가 끝이었다. 엄마는 여전히 나보다 일이 먼저였다. 나는 답하지 않았고, 엄마도 다시 묻지 않았다.

엄마는 보험 설계사, 아빠는 영업 일을 했다. 고객을 관리하느라 늘 바빴던 그들은 오래전에 헤어졌다. 내가 열 살 때, 오빠가 열일곱 살 때였다. 외할머니 말에 따르면, 오빠가 갓

난쟁이였을 때부터 엄마와 아빠는 늘 물건을 던지고 악다구니를 퍼부으며 다퉜다고 했다. 서로 첫눈에 반해 한 달 만에 결혼을 마음먹었다는데도. 싸우는 것도 애정이 있어야 가능하다더니, 17년이면 그래도 서로를 꽤 질기도록 좋아했던 걸까.

모르겠다. 연애 비슷한 건 몇 번 해본 적 있지만 누군가를 그토록 증오할 만큼 좋아하지는 않았다. 짝 하나 잘못 걸리면 학교 가기가 싫고, 담임 한번 잘못 만나면 1년이 지옥 같은데 부모라는 이유만으로 무작정 참고 살라고 말할 수는 없었다.

내가 바란 건 화목한 가정을 이루어달라는, 그런 동화 같은 게 아니었다. 단지 날 버리지 말아달라는 것이었다. 서로에게 미루지 말라는 것이었다. 어릴 때부터 데면데면하게 지냈던 오빠는 고등학교를 졸업하자마자 워킹홀리데이 비자를 신청해 호주로 떠났고, 그 후 돌아오지 않았다.

나는 엄마와 살았다. 방학 때면 가끔 아빠를 만났다. 하지만 둘 중 어느 집에 가든 나를 기다리는 사람은 없었다. 집은 늘 비어 있었다. 아빠는 아빠대로, 엄마는 엄마대로 바빴다. 그들의 바쁜 인생에 내가 차지할 자리는 없었다.

나는 외로웠다.

내게는 친구가 전부였다.

25

난 똑똑하지 않았다.

중학교 때였다. 창의적 체험활동 시간에 특강 선생님이 와 다중지능 이론으로 특강을 열었다. 언어 지능, 음악 지능, 논리수학 지능, 신체운동 지능, 공간 지능, 자연친화 지능, 대인관계 지능, 자기성찰 지능으로 나누어 자신의 강점과 약점을 알아본다고 했다.

간단한 테스트 결과, 나는 자기성찰 지능이 1순위로 나왔다. 가장 높은 점수를 받은 지능을 기준으로 모여 앉아 이야기를 나누는 시간이 이어졌다. 특강 선생님은 각자가 생각하는 자기성찰이 무엇인지, 그런 경험이 있는지를 자유롭게 이야기하라고 말했지만, 수학적이거나 음악적인 능력이 아닌 다소 모호하고 어쩌면 개인적인 이야기가 걸려 있을지도 모를 자기성찰이라는 개념에 대해 이야기를 꺼내기는 쉽지 않았다. 결국 우리는 수다나 늘어놓기 시작했다. 자기성찰 지능 쪽에 모여 앉은 애들은 평소에 친한 사이이기도 했다.

"이거 그거네. 너 자신을 알라."

"아, 나 알아. 소크라테스!"

"아, 내가 먼저 말하려고 했는데."

"자기 분수를 너무 잘 아는 사람들만 모여 있다는 거지."

애들이 키득키득 웃었다. 특강 선생님은 뭐가 그렇게 재미있냐고 물었지만, 우리는 웃음을 감추고 시치미를 뗐다. 별것도 아니었지만, 알려주지 않을 이유도 없었지만, 그냥 우리끼리만 아는 게 좋았다. 애들이 대꾸하지 않자 선생님은 공간지능 모둠 쪽으로 향했다.

선생님이 가자마자 수지가 불쑥 제안했다.

"야, 우리 시간도 남는데 지능 검사 해볼래?"

"방금 검사했는데 뭘 또 해."

"해보자, 해보자. 너 자신을 알아봤자 뭐 하냐고? 차라리 지능 검사가 낫지. 점수 젤 높게 나온 사람이 오늘 떡볶이 쏘기. 콜?"

너도나도 콜을 외쳤다. 우리는 수지가 인터넷으로 검색해 찾은, 조잡한 지능 검사를 시작했다. 여러 도형을 보여주고 나서 맨 마지막에 들어가야 할 도형의 모양을 고르는 문제도 있었고, 산술 문제도 있었다. 처음엔 할 만했다. 서로 얼토당토않은 오답을 누르도록 장난스러운 몸싸움을 벌이기도 하면서 우리는 그걸 진지하게 받아들이지 않았다. 문제가 점점 어려워지기 전까지는. 아니, 내게만 어려워지기 전까지는.

결과는 곧장 숫자로 나왔다. 나는 평균 아래였다. 종이 울리고 쉬는 시간이 되자 애들은 삼삼오오 모여 이야기를 했다.

"아, 난 걍 침팬지랑 친구 먹기로 했어."

"난 보노보노."

"그 물개 같은 애? 걔 똑똑해?"

"아니, 걔 말고 침팬지랑 비슷하게 생긴 애 있잖아."

"그건 보노보노가 아니라 보노보야. 보노보가 오수지 너보다는 훨씬 똑똑하겠다."

수지가 웃음을 터뜨렸다.

"아, 보노보노가 아니라 보노보였어? 대박, 난 이때까지 둘이 이름 똑같은 줄 알았는데."

"보노보노도 너보다는 똑똑할 듯."

"지는 침팬지인 주제에?"

"아씨, 침팬지 아니고 침팬지 친구랬거든? 그리고 침팬지 개똑똑하거든?"

애들은 서로의 아이큐를 까면서 장난을 쳤다. 나는 애들을 따라 가만히 웃었다. 하지만 결코 내 아이큐에 대해서는 농담으로라도 흘리지 않았다. 결국 떡볶이를 쏘기로 한 것은 수지였다. 수지는 자기 아이큐가 245라며 자신이 무조건 떡볶이를 사겠다고 말했다.

"그거 아이큐가 아니라 운동화 사이즈 아니냐?"

"아, 몰라. 내가 쏠 거야. 맵단 완전 땡겨. 가자, 가자."

그날 떡볶이에 이어 아이스크림까지 먹고 애들과 웃으며 헤어졌다. 하지만 집에 돌아온 뒤, 나는 컴퓨터를 켜 지능 검사에 대해 검색해봤다. 한국 사람들의 평균 아이큐는 106. 전세계적으로 높은 축에 속했다. 사람 목소리를 흉내 낼 줄 아는 앵무새는 30. 고양이는 50, 개는 60이었다. 코끼리는 70으로, 사람들 곁에 사는 개나 고양이보다도 아이큐가 높았다. 지능이 높기로 유명한 돌고래는 80. 그리고 침팬지는 한국인들의 평균치를 훌쩍 넘어선 120이었다.

내 아이큐는 두 자리였다. 애들이 내가 받은 점수를 봤을까, 못 봤을까. 애들 점수를 일일이 보지는 못했지만, 두 자리 수는 나뿐인 것 같았다. 어색하게 침묵이 맴돌던 것도 내가 문제를 풀 때뿐인 것 같았다. 애들은 쉽게 풀었던 문제에 내가 너무 오랫동안 머리를 싸맸던 걸까? 애들이 떡볶이를 먹으면서 지능 검사 이야기로 깔깔대던 모습이 계속 떠올랐다.

불안감을 감추기 위해 나는 열심히 노력했다. 알아두면 좋은 상식 대백과 같은 책을 잔뜩 빌렸다. 몇 번이고 읽고 또 읽었다. 친구들과 대화가 끊기지 않게 하려고 음악 프로그램도 더 열심히 보았다. 하지만 좋아하는 연예인을 콕 집어 말하는 건 조심했다. 모든 연예인이 모두에게 사랑받는 건 아니니까. 분명 안티가 있으니까. 그 연예인을 싫어하는 친구가 있을지도 모르니까.

난 부지런히 내 안에 세상의 모든 것들을 입력하고 싶었다. 절대 대화가 끊기면 안 되니까. 잠깐의 침묵이 내가 멍청하다는 증거로 걸릴까 봐 그 시절 나는 무리했다. 나답지 않은 것, 자연스럽지 못한 것은 언제고 티가 나기 마련이었다.

나는 내 고민에만 빠져서 그걸 몰랐다. 그래서 내가 눈치

없는 애로 통하고 있다는 것도 몰랐다. 성적과 비례하지 않는 잡학지식은 재수 없게 잘난 척하는 애라고 숙덕거릴 빌미를 준다는 것도 몰랐다.

모르는 건 죄였다.

24

변명하자면, 그 낙인은 내 이마에 찍혀 있어서 나로서는 알 도리가 없었다.

나는 스스로를 보지 않았다. 내 눈은 언제나 친구들을 향해 있어서, 오직 친구들의 눈에 비친 내 모습을 통해서만 나를 보았다.

"넌 좀 엉뚱해."

수지가 그렇게 말했을 때 눈치챘어야 했다. 선선한 바람이 부는 가을, 점심시간이 끝나갈 때쯤이었다. 우리는 소화를 시킨다는 핑계로 운동장을 회전초밥처럼 돌고 있었다. 운동장 한가운데는 남자애들이 축구를 하느라 몽땅 차지하고 있어서 바깥쪽으로 크게 원을 그리며 돌 수밖에 없었다.

남자애들을 가운데 두고 그 주위를 도는 여자애들. 내가 우리 모습이 꼭 벌이 구애의 춤을 추는 것 같다고 말한 직후였다. 성차별적인 의도로 그런 말을 한 건 아니었다. 나는 그냥 그럴듯한 말을 던지고 싶었다. 누군가 그 말에 대꾸해주기를, 내가 던진 화제로 대화가 시작되기를 기대하면서. 하지만 아무도 대꾸하지 않았다. 애들은 내 말은 듣지도 못했다는 듯 곧바로 다른 이야기를 시작했다.

처음엔 엉뚱하다는 말이 칭찬인 줄 알았다. 남들과 다르다는 거니까. 누구에게나 붙이는 '착하다'라는 말과 달리 특별한 거니까. 하지만 그건 욕에 가까웠다. 특별한 게 아니라 특이한 거였다. 특이한 것, 눈에 띄는 것은, 눈에 띌 수밖에 없는 반짝거리는 애들이 아니고서야 별로 좋지 않은 거였다.

사람들이 뒷담화를 하는 이유는 자신에게 불리하거나 위험한 사람을 빨리 제거하기 위해서다. 내가 읽었던 잡학 지식 책은 이렇게 말했다. 뒷담화는 사회적 관계를 형성하는 데에도 도움이 되는데, 뒷담화를 할 때 유대감 형성에 도움을 주는 옥시토신이 잘 분비되기 때문이다. 스트레스에 반응해 분비되는 호르몬 코르티솔을 퇴치할 수 있는 무기가 바로 뒷담화였다.

내가 그들에게 위험했을까. 왜, 어떻게. 나를 씹으면서 애들은 더 친해졌을까. 그런 것 같았다. 대화가 끊기고 어색한 순간이 오면 내 이야기가 심심풀이 땅콩처럼 올라왔으니까.

그때부터였다. 내가 말을 더듬기 시작한 것은.

중학교를 졸업할 때까지 나는 학교에서 말을 하지 않았다.

선생님이 뭘 묻거나 말해서 어쩔 수 없이 대답해야 할 때만, 그것도 최대한 짧게 했다. 말이 길어지면 꼭 더듬었으니까. 발을 헛디뎌서 몸이 휘청거리는 것처럼.

고등학교에 들어갈 땐 모든 게 달라지리라는 기대를 한 조각 품었다. 집에서 먼 학교에 배정된 만큼, 중학교 때 같은 반이었던 애는 한 명밖에 없었으니까. 그러니 괜찮지 않을까. 하지만 그건 헛된 기대였다.

그러던 어느 날, 국어 시간이었다. 선생님이 낭독을 시켰다. 그날은 하필이면 17일이었다. 내 번호는 17번이었다. 선생님은 날짜를 묻더니 17번을 불렀다. 심장이 저 어딘가로 떨어져버린 것 같았다. 나는 떨리는 손을 말아쥐곤 교과서에 실린 소설을 읽기 시작했다.

"도, 돌."

입을 열자마자 말이 떨려 나왔다. 눈앞이 아득해졌다. 입 안이 바짝바짝 말랐다. 나는 잠깐 입을 다물었다. 천천히. 주문을 외우듯이 천천히, 또박또박 읽기만 하면 된다는 생각을 했다.

"돌멩이를, 땡기는 게, 어떤, 놈이냐."

효과가 있었다. 말을 더듬지 않았다. 하지만 선생님은 내게 더 크게, 좀 더 빨리 읽으라고 말했다. 별 악의 없는 다정한 말투였지만, 간신히 진정됐던 심장이 두방망이질 치기 시작했다.

"외외, 외할머, 니는, 아니, 외할머, 니의 고함은, 서, 서릿발, 같았다. 팔, 팔매질이 둑, 뚝 머, 멀어졌다."

정수리에 고인 땀이 고속도로를 내달리듯 목덜미를 타고 미끄러졌다.

23

교실은 정적에 휩싸였다.

웃는 사람은 없었다. 침묵 속에 애들이 나를 흘긋댈 뿐이었다. 나는 터져 나오려는 눈물을 꾹 참고 도움을 요청하는 눈빛으로 선생님을 보았다. 제발, 선생님이 그만 읽고 앉으라고 말해주기를, 여기서부터는 자기가 읽겠다고 말해주기를 바랐다. 하지만 선생님은 아무 말이 없었다.

나는 울먹이며 계속 읽어나갔다.

"외, 외할머니의 몸이……."

"주연아, 한 문장 넘어갔어. 그 앞에 '그러자'부터 다시."

그러자 외할머니는 천천히 감나무 아래로 걸어가기 시작했다.

지금까지도 기억에 선명히 남아 있는 문장이다. 하지만 그날 나는 이 짧막한 문장을 끝내 완벽하게 읽지 못했다. 말은 계속 꼬였고, 멈춰 섰다. 국어 선생님은 천천히 해보자며 다시 읽으라고 시키고 또 시켰다. 그런 나를 구해준 건 종소리였다. 미간을 좁힌 선생님은 시계를 본 뒤 말했다.

"내일도 국어 수업 있지? 주연이는 오늘 집에 가서 다시 읽어보자. 내일은 주연이가 읽다 만 부분부터 시작할 거야. 파이팅."

국어 선생님은 가볍게 웃으면서 나를 향해 주먹을 쥐어 보였다. 나는 거의 넋이 나간 채로 자리에 앉았다. 국어 선생님은 포기를 몰랐고, 그것이 나를 위한 일이라고 생각했다.

'유주연스럽다'는 말이 돌기 시작한 것은 그즈음이었다. 누군가 말실수를 하거나 말을 더듬으면 유주연스럽다는 말을 썼다. 내가 있든 없든. 그런 말을 만든 건 같은 반이었던 연세희였다.

애들은 나를 지나칠 때마다 어깨를 툭툭 부딪혀왔다. 하지만 그건 시작에 불과했다. 나랑 같은 중학교를 다녔던 애가 사실 내가 중학교 때 엄청 나대고 다녔다면서 험담을 퍼뜨린 것이었다. 그건 불에 기름을 부은 격이나 마찬가지였다. 나쁜 소문은 좋은 소문보다 훨씬 더 빨리 퍼졌다. 가짜 정보는 진짜 정보보다 여섯 배나 빠르게 퍼져나간다고 했다. 믿고 싶은 진실이어서 더 빨리 퍼진다고도. 소문은 사람들이 믿고 싶어하는 것이 무엇인지를 거울처럼 비춰 보여주었다.

결국 고등학교 생활은 중학교 때와 별반 다르지 않게 굴

러갔다. 여자애들이 점심시간에 밥을 먹을 때, 운동장을 돌 때, 나는 거기 끼지 못했다. 할 수 있는 게 없어서 늘 뇌가 부풀어 오르는 것 같았고, 내 의식은 저만치 뒤에서 나를 따라오는 것 같았다.

난 아무것도 바꿀 수 없었다.

22

잠만 자고 싶었다.

알테미아 새우처럼 환경이 좋지 않으면 몇십 년이고 잠을 자다 환경이 좋아지면 다시 깨어나고 싶었다. 나는 새우처럼 늘 몸을 웅크리고 다녔다.

국어 수업은 하루도 빠짐없이 있었다. 나는 거의 매일 자리에서 일어나 선생님이 읽으라고 시키는 부분을, 아이들이 듣는 가운데서 읽고 또 읽어야 했다.

"주연이는 말 더듬는 것 좀 고쳐야겠다. 그래서 앞으로 사회생활 어떻게 하니. 매일 거울 보고 연습해. 자신감을 가져."

국어 선생님은 나를 어떻게든 고쳐주고 싶어했다. 부딪치고 이겨내라고, 극복하라고. 말을 더듬는 것이 마치 내 의지나 노력에 달린 문제인 것처럼. 이제 막 교사가 된 선생님의 열정은 넘쳤다. 어느 날은 교무실로 따로 불러 또박또박 읽는 법을 가르쳐주기도 했다. 나는 알고 있었다. 선생님이 좋은 사람이라는 것을. 선의 어린 마음이라는 것도 알았지만, 그래서 더 힘들었다. 세상 모든 일이 마치 게임에서 레벨 업을 하듯이 시간을 쏟아붓고 노력한다고 해서 눈에 보이는 결과로 나타나는 게 아니었다. 애쓸수록 오히려 진창에 빠지는 일도 있었다.

　나는 차마 그만하고 싶다고 말하지 못했다. 그 말을 할 때도 더듬을 테니까. 대신 쪽지에 적어서 주머니에 넣고 다녔다. 맞춤법 틀린 곳은 없는지, 글씨가 삐뚤빼뚤하지는 않은지 신경 쓰면서 몇 번을 다시 쓴 쪽지였다. 하지만, 제발 수업 시간에 발표를 시키지 말아달라는 쪽지를 선생님은 받아들이지 않았다. 자꾸 피하기만 하면 안 된다고 걱정스러운 목소리로 말할 뿐이었다. 마지막 시도까지 실패하자 나는 그냥 포기해버렸다. 어차피 내가 바꿀 수 없는 일이었다. 선생님이 고쳐주려 할수록 말을 더듬는 건 더 심해지기만 했다.

　2학기가 끝나가던 어느 날, 나는 여느 날과 다름없이 자리에서 일어나 교과서를 읽고 있었다. 모두의 기대에 어긋나지 않게 말을 더듬으면서. 몇몇이 지겹다는 눈빛을 주고받으며 키득거렸다.

　"선생님, 이제 그만하시면 안 돼요?"

　고정우였다. 순식간에 교실 분위기가 싸해졌다. 점심 직후 수업이라 졸던 애들이 하나둘 깼다. 국어 선생님은 그게 무슨 뜻이냐고 정우에게 되묻지 않았다. 수업 끝나고 교무실로 따라오라고만 말했다.

수업이 끝나고 정우가 선생님을 따라 교무실로 향하자, 연세희는 내 뒤에 앉아 휘파람을 불었다.

"뭐야, 둘이 무슨 사이야?"

연세희를 둘러싸고 앉은 여자애들이 한마디씩 얹었다.

"고정우 무슨 흑기사처럼 굴던데?"

"흑기사는 무슨, 걍 관종이지."

"수업 진도 나가고 싶어서 그런 거 아냐?"

"괜히 전교 1등이겠냐. 유주연 때문에 국어 떨어졌나?"

애들이 키득거리는데, 핸드폰을 들여다보던 한 명이 입을 열었다.

"아, 근데 국어 좀 심해. 더듬거리는 거 듣는 것도 지겨워 죽겠는데 그만 좀 하지."

연세희가 웃음기 없는 목소리로 그 애에게 물었다.

"너 뭐야? 얘 편드는 거야?"

그 말에 핸드폰을 툭툭 두드리던 여자애가 고개를 번쩍 들었다. 시선이 마주쳤지만, 그 애가 황급히 고개를 돌렸다.

"아니, 내가 언제……."

"아니지?"

"당연히 아니지!"

잠깐 침묵이 흘렀고, 이내 연세희가 다시 매끄럽고 다정한 목소리로 말했다.

"나 요즘 학원에서 발음 연습하는데 들어볼래? 간장공장 공장장은 강 공장장이고, 된장공장 공장장은 공 공장장이다. 나 안 더듬었지? 너네도 해봐, 해봐."

"간장공장 공장, 아, 다시. 간장공장 공장장은 간, 아, 짜증 나."

"존나 유주연스러워."

여자애들은 서로를 찰싹찰싹 때리며 웃었다. 나는 등 뒤에 앉아 있을 연세희를 무시하려 애쓰면서 자리에서 일어섰다. 다행히 연세희도, 다른 여자애들도 오늘치 재미를 채웠다고 생각한 건지 붙잡거나 따라오지 않았다. 나는 복도로 나가 교무실 앞을 서성거렸다. 얼마 지나지 않아 고정우가 교무실에서 나왔다. 교무실 앞에 서 있는 나를 보곤 잠깐 놀란 눈치였지만, 아무렇지도 않은 표정이었다. 나 때문이 아니었나. 혼란스러웠지만, 할 말은 해야 했다.

"너, 나한테 친한 척하지 마."

"……."

"들었어? 다신 그러지 말라고."

정우는 나를 보고 웃었다.

21

"왜 웃어? 내가 웃겨?"

"너 말 되게 빠르다. 방금 래퍼 같았어."

"농담 아니야. 앞으로 그러지 마."

"왜?"

"너도 알잖아?"

"모르겠는데."

"'고정우스럽다'는 말 듣고 싶으면 계속하든가."

이름이 욕처럼 쓰이는 게 어떤 기분인지 아느냐고 퍼붓고 싶었다. 하지만 나는 빈정거림을 꾹꾹 눌러 담은 말만 건넨 채 돌아섰다. 쉬는 시간이 끝나가고 있었다. 교실을 향해 걷는데 정우가 옆에서 다시 말을 걸었다.

"너 〈쇼미더머니〉 봐?"

나는 옆을 돌아보지도 않고 말했다.

"말 걸지 말라고."

"요즘은 안 봐?"

"안 봐."

나는 단호하게 선을 그었다. 하지만 정우는 선 따위는 보이지도 않는다는 듯 아무렇지도 않게 넘어왔다.

"난 보는데. 이번 주에 생방했는데, 내가 좋아하던 래퍼가

가사를 완전 절었거든?"

"어쩌라고. 안 물어봤어."

"……중학교 때 너랑 학원 가는 길에 이렇게 잡담하는 거 좋았는데."

"말은 바로 해. 넌 학원 가는 길이었고, 난 집에 가는 길이었지. 그리고 그건 네가 전학 온 지 얼마 안 된 데다 길치여서 몇 번 도와준 것뿐이야."

정우는 중학교 3학년 때 전학을 왔다. 같은 초등학교를 나와서, 아니면 1, 2학년 때 같은 반이어서 친해진 아이들 틈에서 정우는 겉돌았다. 기말고사가 끝나고 겨울 방학이 얼마 안 남은 터라 선생님들은 수업 시간에 으레 영화를 틀어주곤 했다. 정우는 친구를 사귈 틈이 없었다. 먼저 다가가 살갑게 말을 거는 성격도 아니었고.

유일하게 정우가 말을 거는 애는 짝꿍인 나였다. 전학 온 첫날엔 화장실이 어디냐고 물었고, 둘째 날엔 학교 주변에 아이스크림 할인점이 있는지 물었다. 나는 연습장에 약도를 그려 알려주었다. 학교에서 거의 입을 열지 않던 때였다.

그러던 어느 날이었다. 청소 당번이어서 아이들이 모두 하교하고 난 뒤 느지막이 학교를 나서는데, 교문 앞에 정우가 서 있었다. 갑자기 일이 생겨 엄마가 서울에 가는 바람에 학원을 혼자 가야 하는데, 어떻게 가야 할지 몰라 교문 앞에서 서성이고 있었던 것이다. 핸드폰으로 지도 켜서 보면 되지,

그것도 모르나.

"너 바보야?"

"바보는 아닌데, 좀 심각한 길치야."

정우가 씩 웃으며 말했다. 어이가 없어서 실소가 터졌다. 그땐 정우가 공부를 잘한다는 걸 몰랐기 때문에, 나는 정우를 마음껏 갈궜다. 여자애들 앞에서는 늘 긴장됐지만 정우 앞에서는 달랐다. 편했다. 어쩔 땐 나사 빠진 동생 같기도 했고, 어쩔 땐 우쭐대는 오빠 같기도 했다. 등하교를 하며 시시껄렁한 이야기를 많이도 했다. 다 기억하지도 못할 만큼.

하지만 고등학교에 와서는 달라졌다. 수석으로 입학한 정우는 공부하느라 늘 바빴고, 학교에서는 태호랑 붙어 다녔다. 나와 정우는 자연스럽게 멀어졌다. 남자애랑 필요 이상으로 친하면 사귄다는 소문이 수시로 돌곤 했으니까.

그런데 그날, 정우가 갑자기 내 일에 나선 것이다. 고맙다기보다는 부담스러웠다. 설상가상으로 말 더듬는 머저리가 전교 1등이랑 사귄다는 소문까지 나면 여자애들이 어떻게 볼지 뻔했다.

머릿속이 걱정으로 복잡한데, 정우가 내 어깨를 툭 치며 말했다.

"근데, 절면 좀 어때. 그럴 수도 있지. 유명한 래퍼들도 무대에서 가끔 절어."

"난 유명한 래퍼가 아니야. 교실 들어가면 나한테 말도 걸지 마. 부탁이야."

제발, 이라는 말이 나오기 전에 나는 입을 다물었다. 그 말까지 내뱉지 않은 것은 마지막 남은 자존심이었다. 나는 재빨리 교실로 들어갔지만, 나와 정우가 차례로 들어오는 모습을 연세희가 봤다.

그날 교무실에서 무슨 일이 있었던 건지 국어 선생님은 더 이상 내게 교과서를 읽으라고 시키지 않았다. 그것으로 모두 끝난 줄 알았다.

착각이었다.

모든 것은 수업이 끝난 뒤, 학교 밖에서 이어졌다.

처음엔 잘못 온 문자인 줄 알았다. 낯선 번호에, 술 취한 사람이 보낸 것처럼 오타가 가득했으니까. 자음과 모음이 겹쳐지고 해체되어 있었다. 잘못 보내셨어요, 라고 답장을 한 뒤에도 비슷한 문자가 이어졌다. 일주일이 넘도록, 계속.

그제야 나는 그것이 잘못 온 문자가 아니라는 걸 알아차렸다. 문자는 상형문자 수준에서 점점 말의 꼴을 갖추기 시작했다.

가가가장, 가장, 고옹공장장이라는 문자가 왔을 때 연세희가 벌인 일이라는 걸 알았다. 학기 초에 받은 비상연락망을 일일이 확인해봤다. 반 애들 번호가 아니었다. 누굴까. 누구 번호일까. 알 수 없었다.

그다음 날에도, 또 그다음 날에도 어김없이 문자가 왔다.

내용은 달랐지만 전부 말을 더듬는 것처럼 오타가 심하거나 맞춤법이 어긋나 있었다. 어느 날은 드라마 대사가, 어느 날은 교과서에서 무작위로 뽑아낸 문장이 왔다. 내가 읽지도 않은 문장이었다.

나는 꾹꾹 참았다. 문자는 잘 모아뒀다. 이것만이 유일한 증거니까. 핸드폰 진동이 울리기만 해도 손이 떨렸지만, 하나도 지우지 않았다.

사람들은 아프다고 소리치는 자에 대해서만 연민을 느끼곤 한다. 물고기나 개미처럼 소리 내어 의사소통하지 못하는 동물들이 고통 또한 느끼지 못할 거라고 생각하는 것이다. 또박또박 말을 잘하지 못한다고 해서, 내게 이런 짓을 할 수는 없었다.

그때 나를 일으킨 건 〈쇼미더머니〉였다. 오랜만에 영상을 찾아보았다. 가사 좀 절었다고 무자비하게 탈락시키는 심사위원들을 보며, 가사를 틀린 이를 다음 라운드에 올렸다고 세상의 모든 욕을 먹고 있는 유명 래퍼를 보며 주먹을 쥐었다. 나는 핸드폰을 벽돌처럼 움켜쥐었다.

나는 세상에 아프다고 소리쳤다.

20

학폭위는 학교장의 지시로 열리지 않았다.

증거가 부족하다는 이유에서였다. 학교 학생들의 번호가 아니었고, 문자에 욕설이 섞여 있지 않았다. 학폭위 선생님들과 학부모들은 악의적인 장난일 거라고 판단했다. 거기에는 정우의 어머니도, 국어 선생님도 끼어 있었다.

국어 선생님은 억울하다는 연세희를 따로 불러 친구끼리는 사이좋게 지내야 한다며 가볍게 꾸짖었다. 그 일은 반성문을 제출하는 데서 끝났다.

담임의 요청으로 엄마가 학교에 왔다. 커다란 비닐봉투를 들고 나타난 엄마는 선생님들 사이를 돌아다니면서 꼬마 음료수를 하나씩 돌렸다. 엄마는 집으로 돌아오는 길에 내게 아무 말도 하지 않았다. 집에 돌아와 식은 된장찌개를 데우면서 딱 한마디를 했을 뿐이다.

"다들 한 번씩 겪는 일이야. 그런 것들 무시해. 그게 이기는 거야."

그날 난 내가 엄마 딸이라는 게 슬펐다. 내가 엄마의 고객이었다면, 고객의 딸이었다면 그렇게 말했을까. 내 눈이라도 보고, 손이라도 잡고, 더 진지하게 이야기를 들어주지 않았을까. 나는 엄마의 밥줄이 아니었다. 나는 뭐였을까.

학폭위는 열리지 않았지만, 그날 이후 더는 문자가 오지 않았다. 연세희는 교실에서 나를 아는 척하지 않았고, '유주 연스럽다'는 말도 사라졌다. 그들은 날 무시했다. 마치 없는 사람처럼.

내가 없는 사람이 되었다면 누군가는 내 자리를 대신해야 했다. 연세희는 타깃을 바꿨다. 고정우였다. 생각지도 못한 타깃이었다. 공부 잘하는 애는 건드리지 않는 암묵적인 룰을 깨버린 것이다.

그건 내가 바란 일이 아니었다. 하지만 조금 안도했는지도 모르겠다. 고정우는 단단하니까. 바벨탑처럼 높은 곳에 있으 니까. 애들이 절대 건드릴 수 없을 거라고 생각했다. 나와는 다르니까.

하지만 정우는 나와 다르지 않았다. 정우는 기울어져가는 피사의 사탑이었다.

멀리서부터 발소리가 들렸다. 나는 몸을 일으켰다. 창문이 열렸다.

"늦었지?"

나는 책상 위에 양반다리를 하고 앉아 정우를 보았다. 정 우는 주위를 둘러본 뒤 낮은 목소리로 연이어 물었다.

"거기 계속 있을 거야?"

"고정우."

"응."

"넌 내가 밉지 않아?"

"뜬금없이 무슨 소리야."

"나 때문에 네가 그렇게 됐잖아."

"······."

창문 너머에 선 정우가 물끄러미 나를 응시했다. 네 탓이 아니라는 빈말이라도 할 줄 알았는데, 침묵했다. '그렇게'라는 말로 뭉뚱그렸지만, 정우는 알아들었을 것이다. 정우에게도 이곳은 지옥이었으니까. 다른 사람들에게 학교는 울타리고 직장이고 시험장이겠지만, 우리에게는 지옥이었다.

정우가 한참 뒤에 입을 열었다.

"뒷문 좀 열어줘."

19

"왜 너야?"

운동장 쪽을 바라보며 말을 꺼냈다. 교실에 들어온 뒤로 아무것도 안 했는데, 과거를 헤집는 것만으로 숫자가 차곡차곡 줄어버렸다. 대답을 들을 때까지 묻고 또 묻고 싶었다.

"넌 나랑 다르잖아. 나랑 비교도 안 되게 공부도 잘하고, 말도 잘하잖아."

정우가 대답하기 어려운 듯 한동안 입술만 달싹였다.

"나도 물어봤어. 왜 나냐고. 연세희가 그러더라. '넌 절대 신고하지 못할 테니까. 어디에도.'"

생각지도 못한 이야기였다. 정우가 창문을 열었다. 교실에 갇혀 있던 갑갑한 공기가 창밖으로 빠져나갔다.

"커닝 사건 기억나? 그때 사실 교과서 본 거 맞아. 심장이 너무 떨려서 글자가 눈에 안 들어오더라. 그래서 마지막 문장을 못 적은 채로 냈어."

며칠 뒤 국어 수행평가 점수가 빼곡하게 적힌 종이가 교실 게시판에 붙었을 때, 모두가 달려가 자기 점수와 함께 고정우가 받은 점수를 확인했다. 만점이었다.

"상담실로 따로 불려 갔을 때 탁자에 수행평가지가 있더라. 선생님은 잠깐 통화 좀 하고 오겠다면서 나갔어."

정우는 그게 무슨 뜻인지 재빨리 알아차렸다.

"내가 적지 않으면 어떻게 되는 걸까. 적기 전까지 이 방을 나갈 수는 있을까. 다 변명이지."

"적었어?"

"토씨 하나 안 틀리고. 박근이 교무실 갔을 때 교과서 다시 봤거든. 난 머리 좋잖아. 기억나는 대로 다 적었어."

정우는 남의 일처럼 담담하게 말했지만, 표정에는 자기혐오가 짙게 배어 있었다.

"그깟 성적이 뭐라고. 성적이 그렇게 중요해? 애들한테 맞는 것보다 그게 더 중요해?”

“우리 부모님한테는 그게 더 중요해.”

그 일 이후로 박근은 정우에게 더 노골적으로 굴었다.

“부모님한테 계속 말했어. 더는 못 참겠다고. 전학 가고 싶다고. 다시 시작하고 싶다고. ”

내가 지옥에서 벗어나기 위해 학폭위에 신고했다면, 정우는 그저 이 학교를 떠나기를 원했다. 하지만 정우의 부모님은 몸에 난 상처를 보고서도 침묵했다.

“근데 안 된대.”

“왜? 그렇게까지 해서 이 학교에 다녀야 할 이유가 뭐야?”

도무지 이해하기가 어려웠다.

“수시로 대학 가려면 여기여야 하니까. 애초에 여기 온 것도 자소서 때문이거든.”

자소서가 얼마나 중요한지, 왜 중요한지 도통 이해하지 못하는 내게 정우가 찬찬히 설명했다.

입시 정책이 바뀌어 수시 모집 인원이 정시 모집 인원을 앞서면서, 자소서 학원과 대리 작문 업체가 엄청나게 늘었다고 했다. 단순히 퇴고를 해주고 몇만 원을 받는 데서부터 인당 백만 원이 넘어가지만 마음에 들 때까지 몇 번이고 써준다는 곳까지, 입시 시장을 노린 상술은 손만 뻗으면 닿을 곳에 있었다.

돈이 되는 곳에 사람이 몰렸고, 사람이 몰리는 곳에 돈이 모였다. 처음 몇 년간은 업체의 도움을 받아 서울 어느 대학에 붙었더라는 이야기들이 돌았지만, 대학에서는 점차 업체들이 자주 사용하는 문장과 패턴을 알아보기 시작했다. 돈 냄새가 나는 글을 걸러내기 시작했다.

그런 가운데서 담임은 단연 빛났다. 남이 써준 자소서는 면접에서 질문 하나만 던져도 티가 났지만, 담임은 학생의 생활기록부에 맞는 성격, 말투까지 파악해 마치 학생 자신이 쓴 것처럼 문장을 적당히 서툴게 배열했다. 국어 성적이 낮고 말이 서툰 애와 독서 목록이 길고 발표 수업을 잘하는 애에게 각각 다른 자소서를 써주었다.

설명을 들어도 기가 막혔다.

"자소서 때문에 맞는 걸 가만둔다고?"

"……꼭 그것 때문만은 아니야. 절대 신고할 수 없는 이유가 우리 집에도 있거든."

정우는 제 손바닥을 내려다보며 담담하게 말했다.

"내 허벅지에도 멍이 많은데, 그건 걔들이 그런 게 아니야."

18

"때린 건 아빠, 덮은 건 엄마."

규칙이 있는 체벌이었다. 1등급에 들지 못한 과목 수마다 한 대씩. 1등급에 턱걸이한 수준이면 정신 차리라고 또 한 대. 차마 무엇으로 때렸는지는 물어볼 수 없었다.

"세게 때리지는 않아. 그런데 난 피부가 얇아서 멍이 잘 들 거든. 내 피부 문제래."

"누가 그래?"

"엄마가."

아빠가 서울로 되돌아가면 엄마가 약을 발라주며 이렇게 말했다고 했다. 학교에서 무슨 일이 벌어지든 네가 인정하지 않으면 그건 사실이 되지 않아. 똑똑하니까 무슨 말인지 알지?

무시해라. 이겨내라. 엄마가 내게 했던 말과 똑같은 논리였다.

"이런 얘기를 하고 싶었어. 너한테 구질구질한 얘기들 다 하고 싶어서 그동안 그렇게 귀찮게 했던 거야."

"그래서 속이 좀 시원하냐."

"아니. 얘기했는데도 똑같네. 달라지는 게 없어. 중학교 땐 너랑 말하는 것만으로도 숨통이 트였는데."

나는 정우를 노려보았다. 정우가 왜 그런 눈으로 보냐고 천진하게 묻길래 다다다 쏘아붙였다.

"기껏 과거로 돌아와서 학교에 숨어가며 기다렸는데, 그래서 구질구질한 얘기까지 다 들어줬는데 뭐, 달라지는 게 없어?"

정우는 머쓱한지 목덜미를 매만지다 불쑥 말을 꺼냈다.

"맞다, 아까 너희 어머니한테 답장 왔는데."

정우가 주머니에서 핸드폰을 꺼내 내밀었다.

팀 회식이라 늦어. 내일 얘기하자.

나는 문자를 한참 들여다보다가 정우에게 핸드폰을 돌려주었다. 오지 않을 줄 알았다. 금요실은 회식이 많으니까. 그래도 오늘은 다를지도 모른다고 생각했는데.

나는 부러 딴 얘기를 꺼냈다.

"넌 어떻게 다시 온 거야? 아, 바로 가야 하나?"

"안 가도 돼. 비행기 모드로 해놨거든. 아, 그럼 내 위치가 안 떠. 독서실 조교 형한테 친구들이랑 잠깐 노래방 갔다 올테니까 엄마한테 연락 오면 잘 말해달라고 부탁했어. 다른 형들은 빡빡한데 오늘 있는 형은 착해. 그 형 엄마도 유명했대."

시험이 끝난 날 관리형 독서실은 한산했다. 그런데도 독서실로 꾸역꾸역 들어온 정우를 안쓰럽게 여겨 나갔다 오라고한 것이다. 비행기 모드로 해놓으면 위치 추적이 안 된다는걸 알려준 것도 그 형이라고 했다.

"그러니까 여기가 노래방이네?"

"노래할까?"

"미쳤냐?"

"다른 애들은 다 노래방에 있겠지?"

"그렇겠지. 피씨방에 있을 수도 있고."

"시험도 끝났는데, 학교에 숨어 있는 건 우리밖에 없을 거야."

"내 말이."

"넌 어떻게 갇혀도 학교에 갇히냐."

"그러니까."

"이제 얘기해봐. 다시 오면 어떻게 학교에 갇히게 된 건지 말해준다며?"

"아, 그거. 나도 몰라. 알면 여기 있겠냐. 진작 나갔겠지."

"나 다시 불러내려고 뻥 친 거야?"

"어."

"뭐냐 너."

"그렇게 보지 마. 네가 불안해 보여서 부른 거니까."

"······죽을까 봐?"

나는 고개를 끄덕였다. 정우가 말했다.

"기왕 갇힐 거면 노래방 같은 곳에 좀 갇히지. 막 악쓰고 노래 부르고 싶은데."

"노래하기만 해봐. 진짜 가만 안 둬."

"내가 바보냐. 이런 상황에 노래하게? 첫 소절 끝나기도 전에 수위 아저씨 달려올걸?"

저녁엔 늘 수위실에서 꾸벅꾸벅 졸고 있는 수위 아저씨가 화들짝 놀라 모자도 삐뚤게 쓰고 달려올 거라는 상상에 정우

와 나는 피식 웃었다. 짧은 웃음이었다. 그 뒤로 침묵이 이어
졌다.

정우는 나를 보며 가볍게 말했다.

"네 얘기 좀 해줘."

17

"뭐가 궁금한데?"

"그냥, 뭐든."

"별거 없어."

아무렇지 않은 척 대답했지만, 심장이 요동쳤다. 교복, 그
것도 몸에 딱 맞는 옷을 입은 게 몇 년 만이라 어색하기 짝이
없었다. 내가 누군지 빤히 보이는 명찰도 그랬다. 촘촘히 박
혀 있지만 않았어도 진작 떼버렸을 것이다.

학교에서는 내가 누구인지 모두가 아는 게 너무나도 중
요하다는 듯이 입학 첫 주부터 명찰을 잘 박아 넣었는지, 혹
시 양면테이프 따위로 대충 붙인 게 아닌지 선도부에서 꼼
꼼하게 검사했다. 벌점을 주는 것으로, 선생님들의 잔소리
로, 운동장을 오리걸음으로 돌게 하는 것으로 애들을 바른
길로 이끌 수 있다는 믿음. 학교는 그런 순진한 믿음이 있는

곳이었다.

그땐 교복이 나를 옥죄는 구속복이라고 생각했는데, 도리어 그건 나를 지켜주는 갑옷이었다. 얇지만 방어 기능이 엄청난 미스릴 갑옷. 게임 상점에서 사려면 며칠을 노가다해야 구할 수 있는 고급 방어구.

학교를 벗어난 뒤 나는 위아래로 헐렁한 옷만 입었다. 몸의 굴곡을 가리기 위해서였다. 가출팸 안에서 여자로 보이고 싶지 않았다. 여자가 아니라 손이 빠른 애로만 여겨지도록 언제나 신경을 곤두세웠고, 작은 나이프를 들고 다녔다. 물건을 훔칠 때 가방을 찢기 위해서이기도 했지만, 그것만이 이유는 아니었다. 나는 잘 때도 항상 나이프를 손에 쥐고 있었다.

정우는 짤막하고 딱딱한 대답에도 아랑곳없이 계속 말을 걸었다.

"네 얘기가 불편하면, 음, 너 미래에서 왔다고 했지? 미래는 어때?"

"차가 하늘을 날아다니고 외계인이 지구를 침략했어."

고개를 돌리지 않아도 정우가 노려보는 게 느껴졌다. 나는 딴청을 피웠다.

"야, 넌 영화도 안 봤어? 천기누설은 시간을 건너온 자들이 가장 경계해야 할 일이야. 말 한마디 잘못했다가 미래를 엉망으로 꼬아버릴 수도 있잖아."

"넌 도착하자마자 과거에 손댔잖아? 망쳤잖아?"

"경제 시험? 설마 그것 때문에 꽁해 있는 거야?"

"그거 말고. 내 생사에 네가 끼어들었잖아. 연근 건드릴 때도 그렇고, 아까 문자도 그렇고, 너 오지랖 넓게 여기저기 끼어들어놓고서는 이제 와서 천기누설 운운하는 거야?"

정우는 아무리 옳은 말이라도 재수 없게 하는 경향이 있다. 나는 돌이라도 씹은 표정으로 말했다.

"너 마라탕이라고 아냐?"

"마라가 뭔데? 먹는 거야?"

눈치가 빠른 녀석이었다. 하긴 이름 뒤에 탕이 붙어 있으니 그 정도 짐작하는 거야 어렵지 않겠지.

"호불호가 아주 강한 음식이지. 싫어하는 사람도 많은데 한번 빠진 사람은 그거 맨날 시켜 먹어. 맨날은 에반가. 일주일에 한 번은 꼭 먹어야 돼."

"뭐? 무슨 맛이길래?"

"지금 우리 기준으로 치면, 어, 떡볶이 같은 거지. 사람으로 치면 굉장히 화려하게 꾸미는 부류야. 액세서리도 많이 하고 옷도 요란하고. 건더기가 가지각색이거든. 마지막으로 묘한 향수까지 칙 뿌렸지."

"향수? 고수 같은 거야?"

"너 고수 싫어해?"

정우가 당연한 걸 왜 묻느냐는 듯한 어조로 반문했다.

"넌 좋아해?"

"당연하지. 너 고수도 못 먹어? 완전 애기 입맛이네."

"뭐라는 거야. 고수는 화장품 냄새 나잖아. 됐어, 난 마라
탕 벌써 싫다."

"너 나중에 마라탕 먹기만 해봐, 아주."

"그게 그렇게 맛있어?"

"나한테는."

"그럼 먹어보기는 할게. 나중에."

정우가 거만하게 대꾸했다. 기묘한 향수라는 말에 눈살
을 찌푸리면서도 호기심 어린 얼굴로 이것저것 질문하는 것
을 보니, 새삼 정우가 고작 열여덟 살이라는 게 느껴졌다. 떡
볶이 좋아하고, 새로운 음식 얘기를 들으면 군침부터 흘리는
평범한 고등학생.

나는 이곳이 아닌 다른 시공간에서 5년을 더 살았지만, 어
쩌면 나 역시도 열여덟 살에 멈춰 있는 건 아닐까. 영혼이 한
치도 자라지 않았다는 이유로 끌려온 건 아닐까. 여기서부터
시간을 제대로 따라가라고.

"마라탕은 뭐랑 같이 먹냐? 짜장면? 짬뽕?"

보지도 못한 음식의 궁합까지 찾으려는 정우의 호기심에
피식 웃음이 나왔다. 나는 진지한 얼굴로 대답했다.

"꿔바로우랑 토마토 계란 볶음. 그런데 양이 너무 많아서
혼자서는 다 못 먹어."

"배고프다."

"나도."

정우는 저녁을 이야기하는 것일 테지만, 나는 점심부터 뭘 먹은 기억이 없었다. 우리는 식당 냉장고라도 뒤져보자며 복도로 나왔다. 그 순간 복도 끝에서 낯익은 목소리가 날아들었다.

"고정우? 너 학교에 있었어?"

16

경제 선생님이었다.

"잠깐! 거기 서! 너네 왜 뛰는 거야!"

슬쩍 돌아보니 경제 선생님이 좀비처럼 앞으로 팔을 뻗은 채 허둥지둥 뒤따라오고 있었다.

"어이쿠."

철퍼덕 넘어지는 소리에 정우가 뒤돌아보고는 멈춰 섰다. 쓸데없이 마음 약하기는. 짜증스러운 표정을 숨기지 않은 채 쳐다보니 경제 선생님이 바닥에 엎어져 있었다. 정우가 경제 선생님에게 다가갔다.

"괜찮으세요?"

"아아, 만지지 마. 아아!"

"일어나실 수 있겠어요?"

"아아! 아!"

재미없는 몸개그 같았다. 경제 선생님은 내게 이리 오라고 손짓했지만, 나는 떨떠름한 눈길로 경제 선생님을 쳐다보며 가까이 가지 않았다.

"유주연. 너 이러기냐? 아까 내가 차도 태워줬는데? 얼른 이리 와서 부축해."

"타자마자 내렸잖아요? 몇 초 태워준 걸로 이러시면 곤란해요."

"치사한 녀석."

"쌤 진짜 아픈 거 맞아요? 넘어진 척해서 우리 잡으려는 거 아니고?"

"유주연, 너 말이 짧다. 어쨌거나 내가 선생님인데 존경심이 없어. 아아. 고정우 꽉 좀 잡아봐."

"구급차 불러야 하는 거 아니에요? 수위 아저씨 모셔올까요?"

"안 돼!"

"뭔 소리야!"

경제 선생님과 내가 동시에 소리치자 놀란 정우가 눈을 동그랗게 떴다. 나는 손으로 머리카락을 마구 흐트러뜨려 귀찮다는 기색을 숨기지 않으면서 경제 선생님에게 다가갔다.

정우와 내가 양쪽에서 부축하자 경제 선생님이 일어서서 벽을 짚었다. 헉 소리가 절로 나왔다.

"아 쌤, 몸무게 몇이에요? 이 정도면 거의 1톤인데."

"내가 돈과 정성으로 키운 살이야. 함부로 입 놀리지 마라."

"헐."

"잘 좀 잡아봐. 여기서 또 넘어지면 바로 골절이야."

"아 쌤, 살을 좀……."

말을 끝내기도 전에 경제 선생님의 찢을 듯한 시선이 느껴졌다. 나는 선 넘었다는 걸 인정하고 입에 지퍼를 채우는 시늉을 했다. 복도 바닥이 미끄러워서 넘어진 건 맞지만 그렇다고 뼈가 부러지거나 금이 간 것 같지는 않다면서 정우가 말했다.

"인대가 늘어난 것 같은데요. 집에 가서 얼음찜질하고 내일 병원 가보세요."

"네가 뭘 안다고. 네가 의사야?"

경제 선생님은 어린애처럼 부루퉁한 표정으로 쏘아붙였다.

"얘네 아빠 의사예요."

내가 얄밉게 한마디 끼어들자, 경제 선생님은 발목을 매만지며 조금 누그러진 어조로 중얼거렸다.

"아버지가 의사면 뭐. 네가 의사도 아니고. 너 의사 될 거야? 아니잖아."

"될 수도 있죠."

정우는 이제껏 본 적 없는 표정으로 뾰족하게 대꾸했다.

"너 의사 될 거야? 꿈이 있었어? 아니, 근데 왜 하필 의사야?"

내가 불쑥 끼어들어 물었다.

"누가 의사가 꿈이래? 꿈은 없어. 근데 안 될 건 또 뭐야. 하면 하는 거지."

"하지만 너네 아빠가 의사잖아. 너네 아빠는⋯⋯."

나는 차마 말을 끝맺지 못했다. 선생님이 옆에 있는데 정우 가족사를 이야기할 수는 없었다. 하지만 정우가 단호하게 말했다.

"만약 되면, 전혀 다른 의사가 될 거야."

정우는 의사가 되고 싶은 게 아니었다. 의사가 될 수 있는지 없는지도 문제가 아니었다. 넘을 수 없는 거대한 벽처럼 서 있는 아빠와는 전혀 다른 사람이 되고 싶다는 마음인 거였다.

"의사고 뭐고, 네가 학교에 있으면 어떡하냐. 너네 엄마가 전화해서 너 학교에 있는 거 아니냐고 난리셔서 너 학교에 절대 없다고, 내가 다 찾아봤다고 큰소리치고 끊었는데."

정우의 얼굴이 사색이 됐다.

15

"엄마가 학교로 올까요?"

"모르지. 없다고 계속 못 박긴 했는데."

나는 새어 나오는 웃음을 참지 못하고 피식 웃어버렸다. 경제 선생님과 정우의 시선이 내게 쏟아졌다. 나는 변명하듯 입을 열었다.

"쌤이 확인해보지도 않고 발뺌한 거잖아요. 솔직히 쌤도 애네 엄마 별로죠?"

"……그야 뭐."

"근데 쌤 아까 집에 간 거 아니었어요? 왜 다시 왔어요? 설마 애 찾으러 온 거예요?"

"아니, 그게. 내가 당직이더라고. 오늘 아침부터 좀 정신없었냐. 퇴근해서 씻고 누웠는데 수위실에서 전화 오더라. 야야, 그런 눈으로 보지 마. 사람이 까먹을 수도 있지. 나도 힘들어."

경제 선생님은 아침에 커닝 쪽지가 발견된 후 혼이 빠져 있었다며 허둥지둥 변명을 늘어놓았다. 기간제 교사도 당직으로 부려 먹는 게 어디 있냐며, 교장이 너무 알뜰한 경제 관념을 갖고 있다고 신세 한탄까지 곁들여가면서.

"근데 니들은 왜 여기 있어? 야심한 시각에 교실에서……."

"쌔앰! 아니에요!"

"말도 안 돼!"

경제 선생님이 말을 끝내기도 전에 우리가 극구 부인하자, 선생님은 발목을 매만지며 정색했다.

"뭐가 아니고 뭐가 말이 안 되는데? 시험도 끝났는데 왜 학교에 있냐고 물은 건데, 왜들 난리야."

우리는 뻘쭘한 얼굴로 서로를 흘깃 보다가 반대편으로 시선을 돌렸다. 정우는 내가 미래에서 왔는데 학교를 나갈 수 없는 저주에 걸려 있다고 말할 수 없었고, 나는 과거에서처럼 정우가 죽을까 봐 걱정돼서 굳이 학교로 다시 부른 거라고 말할 수 없었다.

"아침부터 그 난리를 겪었으니 니들 맘이야 오죽했겠냐만, 갈 데가 그렇게 없었어? 불도 다 꺼놓고 교실이 뭐야. 그리고 아무리 그래도 남자애랑 여자애랑 둘이, 이건 아니지."

경제 선생님은 우리가 커닝 사건 때문에 만난 거라고 생각하는 것 같았다. 내가 아니라고 바로잡으려 하자, 정우가 내 팔을 뒤로 잡아 빼며 가만있으라고 슬쩍 눈짓했다. 선생님은 몸을 일으키며 정우와 나의 팔을 툭 쳤다.

"학교에 더 있을 거야?"

"조금 더 이야기할 게 남아서요."

"몇 시까지?"

"금방 갈게요."

"그래라 그럼. 참, 수위 아저씨한테 들키면 우린 못 본 거다. 무슨 말인지 알지?"

경제 선생님은 발을 절뚝이며 돌아섰다. 그런데 선생님이 몇 걸음 떼기도 전에 괴상한 소리가 났다. 트림이나 방귀라면 모를까, 꼬르륵이라니. 꽤 크게 울린 소리에 당황한 내가 배를 움켜잡는데, 꼬르륵 소리가 한 번 더 났다. 이번에는 내 배에서 난 소리가 아니었다. 경제 선생님 배에서 난 소리였다.

"니들 저녁은 먹었어?"

경제 선생님은 학교 앞에서 떡볶이와 순대, 튀김을 사들고 수위 아저씨의 눈을 피해 교실로 왔다. 고맙습니다 인사를 하고 받으려는데, 선생님은 봉투를 건네주는 대신 우리 옆에 앉았다. 그러고는 누구보다 열심히 떡볶이를 먹기 시작했다. 정우와 나도 질세라 전투적인 태세로 떡볶이를 먹었다.

경제 선생님과의 속도전에 밀려 마지막 순대를 빼앗긴 나는 씩씩대며 물었다.

"왜 선생님 해요?"

"왜? 선생님치고는 너무 잘생겼어?"

농담에는 두 종류가 있다. 성공한 농담과 실패한 농담. 이건 실패를 넘어 끔찍한 수준이었고, 정우와 나는 대놓고 말했다. 그런 말씀은 어디 가서도 삼가시라고.

정우가 건더기가 얼마 남지 않은 떡볶이를 헤집으며 툭 말했다.

"선생님은 선생님이랑 안 어울려요."

내 생각도 그랬다. 경제 선생님은 왠지 선생님 같지 않았다. 선생님은 떡볶이를 한참 오물거리다가 입을 열었다.

"너희들은 선생님을 믿지 않는구나?"

14

침묵이 대답을 대신할 때가 있다. 정우도, 나도 입을 꾹 다물었다.

"내가 학교 규칙도 깨고 학부모한테 거짓말까지 해가면서 너희랑 같이 있어서 선생님 같지 않다고 생각하는 것 같은데. 음, 학생들이 저마다 다르듯이 선생님들도 다 달라. 선생님이 너희들보다 오래 살았고 너희들을 가르치는 입장이긴 하지만, 그래도 너희랑 똑같이 학생이었다가 선생님이 된 거야. 선생님도 너희랑 다르지 않아."

경제 선생님은 종이컵에 쿨피스를 따르며 말했다.

"너네 담임 선생님이 별로라고 해서 다른 선생님들도 다 그럴 거라고 생각하지는 마. 나한테 어떤 일로는 30점이었던 선생님이 다른 날, 다른 순간에 만나면 90점일 수도 있는 거니까."

나는 무슨 말인지 알 수 없어서 미간을 찌푸린 채 경제 선생님을 빤히 보았다. 나와 달리 정우는 선생님 말을 이해한 눈치였다.

선생님이 내 쪽으로 시선을 돌리며 말을 이었다.

"세상을 살다 보면 마주치는 사람들이 많아. 친구도 있고, 애인도 있고, 선후배도 있고. 그러니까 지금 네가 보는 좁은 세상에서 부딪히는 사람만 보고서 포기하고 단정 짓고 벽을 치진 않았으면 좋겠다. 세상은 넓고 사람은 많아. 더 많이 부딪히고 이거저거 다 경험해봐."

깊은 얘기를 나눠본 적도 없으면서 뭘 안다고. 속으로는 불퉁한 생각을 하면서도 별말을 하진 않았다. 짜증 나지만 선생님 말이 틀린 건 아니었으니까. 학교 밖에서 온갖 더러운 꼴을 당하고 다 아는 듯이 굴었지만, 내가 본 곳이 전부였을까. 내가 만난 사람이 전부였을까. 분명 미래에서 왔는데도 나는 아직 모르는 게 많았다.

"자자, 식으면 딱딱해서 맛없어. 빨리 먹고 치우자."

경제 선생님은 한 번에 세 개씩 집어 입에 넣었다. 질 수 없었다. 우리는 마치 전쟁이라도 치르듯이 달려들어서 남은 떡볶이를 해치웠다. 정우가 쓰레기를 작게 접어 처리하는 동안, 나는 복도 개수대에서 남은 떡볶이 국물을 깨끗이 씻어 냈다. 경제 선생님은 아무것도 안 하면서 옆에 서서 더 깨끗이 씻으라고 잔소리를 했다.

"쌤은 왜 아무것도 안 해요?"

"내 돈으로 산 거잖아."

너무 치사해서 말도 안 나왔다. 물로 벅벅 씻는데, 경제 선생님이 넌지시 물었다.

"너 아까 그거 갖고 있지?"

"그게 뭐예요?"

"아까 차에서 네가 부탁한 거. 내 번호 말이야."

"아, 그 쪽지요?"

"어, 그거 줘봐."

"왜요?"

"아, 좀 줘봐."

"수상한데. 설마 이거 가짜 번호예요?"

"가짜는 아닌데, 난 니 담임도 아니고 그냥 기간제인데 학생한테 개인 번호까지 알려주는 건 좀 아니지 않냐."

"아깐 힘든 일 있으면 쌤한테 언제든 연락하라면서요?"

"집에 가면서 다시 생각해봤는데, 아깐 재시험 때문에 머리가 복잡해서 내가 너무 생각이 없었어. 다시 줘."

"왜요? 우리가 생각보다 문제아 같아서 발 빼려고요?"

내 말에 경제 선생님이 깜짝 놀란 듯 숨을 들이켰다. 귀가 발개졌다. 생각이 목 위로 다 드러나는 타입이구나. 이내 경제 선생님은 자신이 번호를 적어줘놓고서는 돌려달라고 하는 게 꽤 구질구질해 보인다고 생각했는지 갑자기 쿨한 척

태도를 바꿨다.

"뭐 그럼, 갖고 있든지. 굳이 연락하고 싶으면 해도 되고. 내가 고담시의 배트맨이 되어주지."

나는 대꾸하지 않고 경제 선생님에게 깨끗해진 떡볶이 통을 턱 건넸다. 하지만 경제 선생님은 절뚝이면서도 알아서 하라며 통을 내게 넘긴 후, 다쳤다고는 믿을 수 없을 만큼 빠른 걸음새로 아래층으로 도망쳤다.

"헐."

13

나는 빈 떡볶이 통을 들고 교실로 돌아갔다.

정우는 화장실에 갔다 오겠다고 나가서는 감감무소식이었다. 아까 땀을 뻘뻘 흘리더니 아무래도 속에서 불이 난 것 같았다. 강한 척하더니 실은 맵찔이였나.

떡볶이 통은 대충 사물함 위에 올려놓고 거울 앞에 다시 섰다. 거울에는 여전히 나만 비칠 뿐, 미래의 나는 없었다. 화장실 거울에 대고 욕을 내뱉었던 게 아득히 먼 옛일처럼 느껴졌다.

"왜 여기 있니. 가자. 다시 가자."

차에 치인 후 도로에 널브러진 나를 잡아 일으킨 건 다름 아닌 나였다. 어쩌면 그건 모습을 바꾼 신일 수도 있고, 누구에게나 한 명씩 있다는 수호신일 수도 있지만, 나는 그런 생각을 금세 지웠다. 그건 분명 나였다. 나는 다시 이곳으로 오고 싶던 것이다.

욕을 하는 내 모습에 거울 속 내가 말했었다. 욕하지 말라고, 욕을 하면 사람들이 무서워한다고. 학교에 다닐 때 나는 한 번도 욕을 해본 적이 없었다. 누가 욕을 하면 그걸 듣는 것만으로도 심장이 두근거렸다. 나는 소심했고, 겁이 많았다. 그랬던 내가 변했다. 내가 가장 무서워했던 그 아이들처럼.

피해자 편에 서는 것도, 가해자 편에 서는 것도 아닌, 어느 한쪽에 서지 않는 유일한 길은 학교에서 벗어나는 거라고 생각했다.

서울에 도착한 첫날에는 내가 아는 유일한 관광지인 명동만 뱅글뱅글 돌았다. 담임과 엄마에게서 전화 몇 통이 걸려왔지만 경찰에 신고한 것 같지는 않았다.

그 시각 경찰이 출동한 곳은 학교였다. 학교 옥상에서 정우가 떨어져서. 정우는 근처 대학병원으로 옮겨졌지만, 사흘 동안 의식을 찾지 못하다 끝내 살아나지 못했다.

나 때문인 것 같았다. 내가 그날 이야기를 들어주지 않아서, 무시해버려서 정우가 죽은 건 아닐까. 나 때문이 아니라고 수없이 되뇌었지만, 나 때문일지도 모른다는 생각에서 벗어날 수가 없었다.

　서울로 간 이유는 하나였다. 그곳은 대도시니까. 사람들이
많고 복잡해서 누구에게도 관심이 없으니까. 내가 살던 도시
는 번화가라고 할 만한 곳이 한 군데뿐이었는데, 그곳을 돌
아다니다가는 바로 붙잡힐 것 같았다. 바쁜 사람들 사이에서
점으로 떠돌 수 있는 곳이 서울이었다.

　서울역에 내리자마자 염색약을 샀다. 허름한 모텔 하나를
잡고 들어가 염색부터 했다. 처음 해본 탈색에 염색까지 연
달아 했더니 머리에 용암이라도 바른 것처럼 두피가 녹아내
리는 것 같았다. 얼룩덜룩한 핑크색 머리카락은 망친 포샵처
럼 어색했다.

　돈이 떨어진 다음에는 모텔도 가지 못하고 놀이터를 서성
이다가 그곳에서 만난 가출팸과 어울리기 시작하면서 내 인
생은 급격하게 휘어졌다. 듣는 것도, 늘상 내뱉는 것도 욕이
되었다. 내가 욕을 하는 건 염색이나 피어싱, 문신과 같았다.
욕은 울타리가 없는 세상에서 미성년인 내가 강해 보일 수
있는 아이템이었다. 내게 욕은 스스로를 보호할 수도 없으면
서 일단 휘두르고 보는 조악한 무기였다. 겁이 나면 짖었고,
더 크게 짖을수록 안전하다고 믿었다.

　내가 선택한 세계는 그런 곳이었다.

12

학교가 그리운 건 아니었다.

그리움이 뭔지 생각할 틈조차 없었다. 매일매일이 살얼음
판이었다. 선택과 결과에 대해 되돌아보는 순간이 찾아올 때
마다 나는 지하철 화장실 칸에서 숨죽여 울었다.

끔찍한 밤을 몇 번이고 보낸 뒤에야, 이제껏 내가 학교를
벗어나는 것에 대해, 가출에 대해 얼마나 순진했는지를 깨달
았다. 내가 겪은 일들은 그 어디에서도 본 적이 없었다. 하루
하루가 내 얄팍한 상상력의 범주를 뛰어넘었다.

가출팸 안에서 내가 맡은 역할은 소매치기였다. 귀신처럼
손이 빠르지 않았다면, 더 나락으로 빠질 수도 있었다. 다행
히 손이 빨라 훔치는 역할만 해내면 됐다. 그렇지 못한 다른
여자애들은 모든 걸 강제로 전시해야 했다.

나는 언제나 두려움에 시달렸다. 내 손이 느려져서 내 손
보다 빠른 눈에 잡힐 거라는 두려움에. 때로 숨을 쉴 수 없을
만큼 두려워하면서도 나는 팸을 벗어나지 못했다. 팸은 가
족이라는 이름을 두르고 있었지만, 가족이 아니었다. 교도소
담장과도 같은 울타리였다. 혼자 힘으로는 도망칠 수 없었
다. 가출은 쉬웠지만, 팸에서 벗어나는 건 어려웠다.

그때부터였다. 술을 마시기 시작한 게. 생각이 술에 잠기

도록 조금씩 내 몸을 방치했다. 술은 썼다. 과학실에 있던 알코올을 그대로 마시는 것 같았다. 하지만 나는 술을 마시고 또 마셨다. 칠판에 빼곡했던 방정식이 칠판지우개를 든 손길 한 번에 지워지듯이, 알코올이 내 기억을 휘발시켜주기를 바라면서.

훔쳐 온 술로 자리를 깔 때면 옆에 앉은 애가 과거를 물어보곤 했다. 그럴 때면 나는 술에 취한 상태에서도 앞뒤가 딱 들어맞게 거짓말을 했다. 거짓말을 잘하기 위해서는 진실을 기억해야 한다. 진실을 기억해야 다른 말을 만들어낼 수 있으니까. 하나도 겹치면 안 되니까. 그래서 늘 되새김질을 했다. 영단어도 25번만 반복하면 외운다던데, 나는 매 순간 학교 한복판에 있는 것 같았다. 언제라도 연세희가 달려와 내 머리채를 잡아채며 왕따였던 년이 구라 까지 말라고 소리 지를 것 같았다. 나는 하이에나 무리 속에 있었다. 내가 토끼라는 걸, 아니, 한 번이라도 토끼였다는 걸 들키는 순간 바로 잡아먹힐 게 뻔했다.

둘 중 하나는 포기해야 했다. 술을 끊거나, 거짓말을 그만두거나. 하지만 아이들과 어울리기 위해서는 두 가지 모두가 필요했다. 끝내 그것은 내 안에서 불길한 폭탄주가 되었다.

어느 날 우려하던 일이 터졌다. 손이 떨리기 시작했고, 절도 혐의로 붙잡혔다. 희망을 버리지 못한 어른들은 내가 교정되기를 기대했지만, 나는 원래 궤도로 돌아가지 못했다.

봉사 기간은 잠시 누름돌 역할만 했을 뿐이었다. 정해진 기간이 끝나고, 발목을 붙잡던 족쇄가 풀리자마자 나는 거리로 되돌아갔다.

그런 내가 지금, 학교에 있었다. 교실 앞문이 열리고 정우가 홀가분해진 얼굴로 들어왔다. 거울 속 내가 했던 말이 머릿속에 떠올랐다.

너에게 남은 숫자를 어떻게 쓸지는 네 선택이야.

이제야 알 것 같았다. 내가 학교에 돌아온 이유를.

⼁⼁

"선생님은?"

정우는 손을 털어 물기를 말리며 물었다. 나는 사물함 위에 놔둔 떡볶이 통을 눈짓했다.

"토꼈어."

정우는 남은 물기를 교복 바지에 닦은 뒤 떡볶이 통을 집어 들었다.

"이거 여기 두면 안 되는데."

"왜?"

"기껏 몰래 먹었는데 이럼 들키잖아."

우등생다운 생각이었다. 그래서 난 모범생이 좋아할 만한 답을 해주었다.

"그럼 네가 이따 집에 갈 때 좀 갖다 버려."

"가자. 버리게."

"너 집에 갈 때……."

나는 말을 끝맺지 못했다. 정우가 무슨 말을 하는 건지 깨달았기 때문에. 정우는 학교 쓰레기 수거장에 가자는 것이었다. 나는 미간에 힘을 주고 정우를 바라봤다.

"진심이야?"

"왜? 귀신 나올까 봐 무서워?"

"농담하는 거 아니야. 거길 다시 가자고?"

내가 재차 묻자 정우는 담담한 눈길로 나를 보았다.

"가자."

'갔다 올게'가 아니었다. 같이 가자는 소리였다. 물론 연세희나 박근이 아직까지 거기 있을 리가 없었다. 하지만 거길 다시 가자니. 그 순간 정우의 내면에서 무언가 툭 끊어진 것 같았다. 정우를 옥죄고 있던 족쇄 중 고리 하나가 끊어진 걸까. 마음속이 술렁였지만, 대수롭지 않은 척 대답했다.

"그러지 뭐."

우리는 연속극에 빠진 수위 아저씨를 지나쳐 뒷산 쪽으로 갔다. 쓰레기 수거장으로 가는 길은 깜깜해서 정우의 핸드폰으로 켠 손전등에 의존해야 했다. 배터리가 얼마 남지 않아

손전등 빛을 약하게 할 수밖에 없었다. 우리는 서로 붙어서 걸었다.

"너 무섭지? 막 후회되지? 지금이라도 갈까? 아님, 나 혼자 뛰어갔다 올까?"

"무서워서 그런 거 아니야."

"그럼? 쫄아서?"

"아니라니까. ……자꾸 소리가 들려서. 넌 안 들려?"

"무슨 소리. 야, 너 이상한 소리 하면 가만 안 둔다."

"조용히 해봐. 지금도 들렸어."

나는 자리에 멈춰 섰다. 숨을 쉴 수가 없었다. 뭐지? 뭔데? 학교에 떠도는 귀신이 있었던가. 혹시 학교 주변에 무덤이라도 있었던가.

"움직이지 말아봐."

정우가 내 옷깃을 꽉 붙들었다. 애도 무서운 거구나. 만약 귀신이 나타나면 정우를 밀치고 도망가야겠다고 마음먹었다. 삐쩍 마른 약골보다는 빨리 달릴 자신이 있었다.

1초가 지나고 2초가 지났다. 다시 5초가 지났다.

10초가 지나도록 아무 일도 없었다. 순간 끊겼던 생각이 빠르게 이어졌다. 왜 그 생각을 못 했지? 난 내 옷깃을 붙든 정우를 뿌리치면서 소리쳤다.

"너 설마, 귀신이었어?"

"뭐?"

"이거 그거지? 알고 보니 귀신이었다. 식스 센스! 그거잖아. 너 계속 귀신이었지? 맞지?"

정우는 눈을 깜빡이지도 않고 나를 보았다. 핸드폰 불빛에 희미하게 정우의 얼굴이 보였다. 얘 바보 아니야, 하는 속마음이 적나라하게 드러나 있었다.

"상식적으로 우리 중에 귀신이 있다면 내가 아니라 너겠지. 넌 학교 밖으로 나가지도 못하잖아."

"웃기는 소리 하네. 떡볶이 먹는 귀신 봤어?"

"나도 먹었거든?"

대답할 말이 궁색해졌다. 그때 정우가 숨을 들이켜며 내 옷깃을 다시 꽉 쥐었다. 내 귀에도 들렸다. 찍찍. 찍찍. 우리는 서로를 마주 보았다. 우리가 들은 소리는 다른 것일 수가 없었다.

차라리 귀신이었다면.

10

무언가 우리 발밑을 스치고 갔다.

"엄마야!"

"같이 가!"

나는 본능적으로 정우를 밀치고 뛰었다. 정우는 헐레벌떡 날 따라왔다. 얼마나 뛰었을까. 우리는 학교 본관 쪽으로 되돌아왔다. 건물이 가까워지자 주변 아파트와 상가에서 쏟아지는 불빛에 주변이 좀 환해졌다.

안전지대라고 할 만한 주차장에 들어서자마자 무릎을 짚고 숨을 내쉬었다. 옆을 보니, 정우도 혼이 나가 숨을 헐떡이고 있었다. 그런데 손에는 여전히 떡볶이 통이 들려 있었다. 심지어 무슨 곰 인형 마냥 소중하게 안은 채로.

"그건 왜 아직도 들고 있어?"

"이게 왜, 허헉."

"그 쥐들은 뭐야. 원래 거기 사나? 아까 낮에는 못 봤는데."

"나도 몰라."

떡볶이 통을 껴안다시피 든 채 멍하니 앞만 보는 정우에게서 그걸 빼앗아 경제 선생님 차 위에 올려놓았다.

"이래도 돼?"

"이거 경제 쌤 차야. 자기도 먹었는데 안 될 건 뭐야."

한바탕 뛰었더니 교실로 돌아가기는 싫었다. 왠지 답답하게 느껴져서. 그때, 차 유리창에 비친 숫자가 보였다. 여전히 파란색 얼룩처럼 보이는 숫자는 이제 10이었다. 숫자가 줄어드는 속도가 점점 빨라지고 있었다. 학교 주차장에 서 있다가 끝을 맞고 싶진 않았다. 그 전에 해야 할 일이 있으니까. 고개를 돌려 정우를 보며 물었다.

"지금 몇 시야?"

"8시 47분. 아, 48분."

"곧 연속극 끝나겠다. 여기 있다가 수위 아저씨한테 딱 걸리겠어. 다시 가자."

"다시? 설마 또 거기?"

"네가 가자며. 아무렇지도 않다는 거 확인하고 싶은 거 아니었어?"

"그건 그렇지만."

정우는 잠시 고민하다가 경제 선생님 차 위에 올려놓았던 떡볶이 통을 다시 집어 들었다. 그게 무슨 부적이라도 되는 듯이. 하지만 레이디 퍼스트를 이유로 앞서 걸어야 하는 건 나였다. 나는 씩씩댔지만, 어차피 여차하면 정우를 밀치고 도망가면 되니까 정우 앞에서 걸었다.

"야, 뭐든 말 좀 해봐."

"무슨 말?"

"아무거나. 조용하니까 더 짜증 나."

"짜증 나는 게 아니라 무서운 거겠지."

"그거나 그거나. 뭐 없어?"

정우가 검지를 동그랗게 말아 안경을 위로 치켜올리며 고민했다. 무슨 오래된 소설에 나오는 탐정이라도 된 것처럼. 내가 코웃음을 치자 정우가 왜 그러냐는 듯이 눈짓했다.

"너 안경이 차암 잘 어울려서."

나는 가볍게 비꼰 말이었는데 뜻밖에도 정우가 진지하게
대답했다.

"똑똑해지려는 자 안경의 무게를 견뎌라."

내가 무슨 말인지 모르겠다는 표정을 짓자, 정우가 구구절
절 설명했다.

"왕이 되려는 자, 왕관의 무게를 견뎌라. 몰라?"

"그러니까 지금 한 게 패러디다? 설마 웃어야 돼?"

"패러디는 웃기라고 하는 건데."

"……정우야. 내가 너보다 인생을 더 살았잖아? 잘 들어
봐. 앞으로 공부 말고 다른 건 말로 하기 전에 생각을 좀 더
하는 게 좋을 것 같아."

"왜?"

"나도 머릿속으로는 진짜 별별 생각 다 하거든. 근데 그걸
다 뱉으면 사람들이 별로 안 좋아해. 입만 열면 호감인 사람
들이 있는가 하면, 그런 재주도 없는데 사람들 호감 얻으려
고 되지도 않는 개그 치는 건 안 하느니만 못해. 너무 애쓰지
마. 내 앞에서는 안 그래도 돼."

꽤 멋진 말을 했다고 생각했는데, 정우는 나를 빤히 쳐다
보며 말했다.

"나 애쓴 거 아닌데. 내가 욕을 한 것도 아니고, 음담패설
을 한 것도 아니고, 개그 좀 친 게 뭐가 문제야. 하나도 안 웃
겨? 썰렁해?"

"야, 썰렁한 정도가 아니야. 무슨 말인지도 이해가 안 가는데 무슨 개그냐. 아예 너 캐릭터를 바꿔보는 건 어때? 공부 잘하고 냉정하고 찔러도 피 한 방울 안 나올 것 같은 그런 애로 바꿔봐 좀. 그럼 애들이 대하는 태도도 달라지겠지."

"그럼 내가 안 죽어?"

"야, 죽는다는 얘기를 뭐 그렇게 쉽게 해?"

"너도 했잖아."

"내가 언제. 어쨌든 그런 얘긴 입에도 올리지 마. 생각도 하지 마."

"내가 그런 얘기 그만하면 너도 네 명찰 만지작거리는 거 그만할 거야?"

9

그 순간에도 나는 습관처럼 명찰 끝을 잡아 뜯고 있었다. 《피터팬》에 등장하는, 악어 배 속에서 째깍째깍 돌아가는 시계처럼 시간이 내 뒤를 바짝 쫓고 있는 것 같았다.

"왜 명찰을 자꾸 잡아 뜯어?"

"숫자가 점점 줄어들고 있어서."

정우의 물음에 나도 모르게 대꾸했다. 정우는 고갯짓으로 내 명찰을 가리키며 물었다.

"거기 숫자가 적혀 있는 거야?"

"어."

정우는 내 명찰을 뚫어져라 쳐다보았다. 그렇게 하면 보이지 않을까 기대하는 것 같았다. 한참 끙끙대던 정우가 이마에 울퉁불퉁 주름을 만들며 물었다.

"벌거벗은 임금님 같은 건가. 착한 사람 눈에만 보이는 거야?"

"헐."

정우는 눈을 치켜떴다. 이것도 별로였어? 묻듯이. 나는 그런 정우의 얼굴이 좋았다. 정확히는 모든 게 투명하리만치 비치는 속내가. 그 앞에서는 내가 더 안전하다고 믿을 수 있었다. 속이 훤히 비치는데도 그 안에 적개심이나 분노, 혐오 따위는 없었다. 파스텔처럼 조금 흐릿하면서도 쨍하지 않은, 어딘가 부드러운 느낌을 주는 색깔. 그게 고정우였다.

"나 핸드폰 좀 빌려주라."

정우는 이유도 묻지 않고 곧장 핸드폰을 건넸다. 나는 카메라를 켜서 셀카를 찍은 후 그걸 정우에게 보여주었다. 정우는 뚱한 표정으로 내 사진을 보다가 눈을 들어 나를 보았다.

"안 보이는구나?"

정우는 고개를 끄덕인 뒤 심각한 어조로 물었다.

"지금은 몇인데?"

"9."

"처음엔 몇이었는데?"

"49."

내가 말한 숫자의 무게를 생각해보는 듯 정우가 침묵했다. 나는 멈춰 섰다. 쓰레기 수거장 쪽은 어두웠지만, 반대로 몸을 돌리면 도시 정경이 내려다보여서 환했다. 나는 어둠 속에 서서 환한 쪽을 건너보았다.

반면 정우는 말없이 내 사진만 보고 있었다. 그늘진 얼굴로. 보지 않아도 알 수 있었다. 정우는 그런 애였다. 너무 착해서, 착한 게 때로는 약점이 되는 애. 남의 일도 제 일처럼 아파하는 애.

"눈 떠보니 경제 시험이었다고 했지? 아직 열두 시간도 지나지 않았어. 무슨 기준으로 숫자가 바뀌는 거야? 뭘 안 하면 돼? 혹시 나랑 있어서 시간이 막 줄어든 거야?"

"뭐 그런 거면, 갈 거야? 내 시간 지켜주겠다고 학교 밖으로 뛰쳐나갈 거야?"

"네가 원하면. 그럴 거야."

정우가 너무도 진지하게, 온 마음으로 대답해서 말문이 막혔다.

"너 없어도 숫자는 줄어. 과거를 되짚고 생각만 해도 줄어. 경제 선생님이랑 있어도 줄고, 연세희랑 있어도 줄어. 그게 뭐든 나한테 변화가 있으면 숫자가 줄어. 그러니까, 너랑 있어서는 아니야. 근데."

나는 입을 다물었다. 지금부터 할 얘기를 과연 해도 되는지 잠시 생각했다. 숫자가 언제 8로 바뀔지 몰랐다. 이젠 정말 미룰 수 없었다.

"아까도 말했지만 내가 학교로 다시 돌아온 건 너 때문인 것 같아. 네가 살아 있을 때, 내가 학교를 떠나기 전에 너랑 하지 않은 유일한 것. 그게 너랑 얘기하는 거였어. 얘기하는 게 뭐 어렵다고. 처음도 아닌데."

나는 고개를 돌려 정우를 보며 씩 웃었다. 진짜 별일 아니라는 듯이. 정우도 내 눈을 물끄러미 바라보았다. 나는 숫자를 신경 쓰지 않으려 애썼고, 정우 역시 내 명찰 쪽을 보지 않으려 애썼다.

"미래, 아니 그러니까 네 과거에서 내가 정말 죽었어?"

정우가 물었다.

"……."

정우가 나를 바라본 건 내가 진실을 말하는지 거짓말을 하는지 확인하려던 것이었을까. 나는 아무 말도 할 수 없었다. 정우가 짐짓 담담하게 말을 이었다.

"내가 진짜 죽었구나. 학교에서 죽었어? 그래서 넌 학교를 떠났고?"

"내가 먼저 학교를 떠났고, 그다음 날 네가 죽었어."

"어디에서? 어떻게?"

"……."

"주연아, 다 말해줘. 나랑 얘기하러 왔다며? 그래서 여기로 돌아온 거랬잖아."

"이런 얘길 들려주려고 온 건 아니야. 그런 건 안 듣는 게 나아. 꼭 모든 걸 알 필요도 없잖아."

정우는 내 손목을 꽉 붙들고 말했다.

"알고 싶어. 내 죽음이잖아. 그거 내 얘기잖아."

8

오직 내가 아는 진실만 전했다.

유서는 없었지만, 시험이 끝나는 날 학교로 돌아와 옥상에서 떨어져 죽었다. 사람들은 입시와 성적에 대한 압박 때문일 거라고 이야기했고, 언론에서는 그 이야기를 퍼다 날랐다.

"어떻게 그럴 수가 있어? 모두가 알잖아. 다들 쉬쉬하지만, 애들이 날 어떻게 대했는데. 박근이랑 연세희 얘기는 없었어?"

"걔들 얘기는 없었어."

"너는 아무 얘기 안 했어?"

어딘가에 말을 할 생각조차 하지 못했다. 정우가 죽은 후,

그때 나는 어디에 있었을까. 서울 혹은 서울 근교 어딘가를 걷고 있었을 것이다. 아니면 어딘가에 웅크리고 있었거나. 잠을 자지 못한 날이 켜켜이 쌓여가던 나날이었다.

"경제 시험 때문에 성적 비관 자살로 보였겠네. 그렇지?"

정우의 질문에 고개만 끄덕였다. 기사에는 쓰이지 않았지만 댓글 중에 그런 얘기가 있었다. 마지막 시험이 0점이었다고.

"하지만 난 안 믿었어. 네가 어떻게 0점을 내? 다른 애였으면 대충 찍었거나 한 줄로 세웠을 거라고 생각했을 거야. 그런데 선생님이 네 답안지를 확인하고 내버려뒀을 리가 없잖아. 고정우인데."

만약 그런 일이 있다면 정우를 따로 불러서라도 제대로 풀게 하지 않았을까. 있을 수도 없는 일이고 있어서도 안 되는 일이지만, 학교에서는 그만큼 정우를 서울대에 보내려고 했으니까. 정우 부모님도 가만있지 않았을 테니까.

"경제 시험지 다 풀었고 마킹도 다 했어. 한 번호로 찍지도 않았고. 답을 피해서 마킹했어. 그럼 선생님한테 바로 걸리지 않으니까. 그러고서 집에 말했어. 경제 시험이 0점 처리될 거라고."

"왜 그런 거야?"

"부모님이 날 포기하게 만들려고. 이 학교에 날 붙잡아두지 않게 하려고. 검정고시든 전학이든 다른 길을 찾게 만들려고. 자꾸 내 상황을 모른 척하는 부모님이 날 똑바로 보게 만들려면 할 수 있는 게 그런 것밖에 없었어."

이제야 이해가 갔다. 경제 시험 때, 내가 넘어지면서 커닝 쪽지가 발견됐을 때 정우가 왜 안도하는 표정을 지었는지.

"하지만 그 커닝 쪽지는 네 글씨가 아니었잖아? 태호가 쓴 것 같다던데."

"별로 상관없었어. 아침에 등교할 때도 엄마가 한약을 주면서 유종의 미를 거둬야 한다고 계속 말하더라. 내가 모든 걸 말했는데도, 전학 가고 싶다고 얘기했는데도, 엄마 머릿속엔 시험밖에 없었던 거야. 그래서 경제 시험을 망치기로 마음먹었는데, 화장실 다녀와서 보니까 내 필통에 커닝 쪽지가 있었어."

"알면서도 그냥 둔 거야?"

"태호가 만들었을 줄은 몰랐어. 하지만 짐작은 했지. 박근이 이런 걸 또박또박 썼을 리는 없으니까. 헛웃음이 나오더라. 그래서 기다렸어. 박근이 언제 터뜨릴까. 누가 그걸 신고할까. 네가 넘어지면서 발견될 줄은 몰랐지만."

"너 바보야? 경제 시험을 그렇게 망쳤으면 끝까지 버텼어야지. 그걸로 전학을 가든, 자퇴를 하든, 아니면 너네 집 돈 많으니까 유학을 가든, 어떻게든 다른 길을 찾았어야지. 어쩌자고 유서도 없이 그래? 그런다고 뭐가 해결돼?"

"넌 학교를 나가서 해결됐어? 달라졌어? 편안해졌어?"

"이건 내 얘기가 아니잖아!"

"내 얘기라고 다를 것 같아? 너는 학교에서 도망가고, 난 내 삶에서 도망가고. 우리가 뭐가 달라? 난 죽을 권리도 없어? 나한텐 선택권도 없어?"

"웃기지 마. 그런 게 선택이라고? 하. 그게 말이 되는 소리야?"

"그럼 넌 왜 죽었는데? 학교로 돌아왔을 때 보인 숫자가 49였다며? 너 죽기 직전에 학교로 온 거 아니야?"

"……"

때로는 침묵이 더 많은 말을 할 때가 있다.

7

"사고였어."

나는 분명하게 말했다. 정우와 나 사이에 금을 긋듯이 확실하게.

"나는, 허우적거릴수록 더 깊이 빠져드는 진창 같은 데서도 내 목숨을 스스로 버리는 일은 단 한 번도 생각해본 적 없어. 어떻게든 살고 싶었어. 가출한 것도 살고 싶어서 나간 거였으니까. 그런데, 제대로 살지는 못했어. 무작정 살아보겠다고 아등바등하지 말았어야 했어. 제대로 사는 게 뭔지, 제대로 살려면 뭘 해야 하는지 그걸 먼저 생각해야 했는데."

바람이 불었다. 살갗에 끈덕지게 들러붙는 바람이었다. 하지만 그런 텁텁한 바람에도 땀이 식었다. 끓어올랐던 감정이 가라앉았다. 침묵 속에서 나도 정우도 서로를 보지 않았다.

한참 뒤에 정우가 침묵을 깼다.

"그러니까, 여긴 너의 마지막 지옥이고 내가 마지막 통과의례 같은 거야?"

"뭐, 그런 것 같아. 현실이 아닌 거지."

"현실이 아니면 뭐야. 넌 진짜고 나는 가짜야? 내가 NPC야?"

나는 곰곰이 생각한 끝에 말했다.

"어쩌면."

힘주어 말한 것과 달리, 내 입에서 나온 말은 모호했다. 정우가 심각한 얼굴로 말했다.

"그 숫자가 0이 되면 넌 사라질 거고⋯⋯. 아니다. NPC면 내가 사라지는 건가."

"아마도."

"근데 나 아픈데?"

"뭐라는 거야?"

"꼬집으면 아프다고. 네 말대로 이게 너를 위한 거면 나는 왜 아프고, 내 현실은 왜 바뀐 건데? 내가 NPC인 거 맞아?"

"네 현실을 바꾸는 것도, 어쩜 내 마지막 소원일 수도 있지. 그래서 내가 그토록 원하던 상황이 펼쳐지는 걸 수도 있지."

"너 나랑 떡볶이 먹고 싶었어? 쥐 때문에 막 소리 지르면서 달리고 싶었어?"

"야! 그런 얘기가 아니잖아."

"봐. 네가 소리 지르면 침 튀고, 난 그 침 맞으면 기분 나빠. 내 감정도 진짜야. 너를 위한 게 아니라고. 나를 위한 거지."

나는 뜨악한 얼굴로 정우를 보았다. 확실히 이런 대화는 내 소망이나 위로와는 거리가 멀었지만, 이 이야기의 주인공이 누구인가 하는 문제는 굉장히 중요했다. 나는 전투적으로 덤벼들었다.

"어쨌든 넌 아니야. 넌 나처럼 숫자가 없잖아? 학교 밖으로 막 왔다 갔다 할 수도 있고. 원래 모든 시련은 주인공한테 닥치는 법이거든? 백번 양보해서 네가 NPC가 아니라고 쳐도, 넌 서브야. 메인은 나라고."

"네 머릿속엔 1인칭 주인공 시점밖에 없구나? 이게 만약 1인칭 관찰자 시점이면? 그럼 모든 게 말이 되지. 숫자도 제약도 너한테 있지만, 실은 내가 핵인 거지."

"와, 미치겠네. 야! 아니, 다 떠나서 회귀 하나만 보자고. 너를 위한 거면 내가 갑자기 왜 과거로 와. 그게 말이 되냐?"

"나를 위해서 온 거 아니야? 너도 그랬잖아. 나랑 얘기하러 다시 온 것 같다고."

나는 정우를 보았다. 정우도 나를 보았다. 절대 지지 않겠다는 눈빛이었다. 이런 녀석과 고작 이런 얘기나 하러 이 순간으로 돌아왔다는 게, 지난 몇 시간 맘 졸였다는 게 믿기지 않았다. 나는 방어적으로 팔짱을 끼고 말했다.

"갈릴레오 ■ 먹이는 거냐? 아주 지구가 너를 중심으로 돌지?"

"방금 그거 뭐야? 왜 소리가 안 나?"

"아 맞다. 이것도 증거네! 잘 봐! ■■ ■■■ ■■!"

"뭐냐."

"봤지? 내 입 모양이랑 목소리랑 다르지? 이것도 거울 속 내가 나한테 제약 걸어놓은 거거든? 욕 좀 그만하라고. 내가 주인공이니까 이런 거야. 알겠어?"

정우는 나를 빤히 보았다. 너무 뚫어져라 봐서 이마에 구멍이라도 날 것 같았다. 뭘 보냐고 한마디 하려는데, 정우가 풉 웃음을 터뜨렸다.

"흐흐흐."

"갑자기 왜 웃어?"

"주인공한테 닥친 저주고 뭐고, 그냥 너 다 해. 내가 졌어. 니가 짱이야."

"당연하지. 내가 짱이야."

6

"너 미래에서 온 거 맞는 것 같아. 어제까지 내가 아는 유주연은 이렇지 않았거든. 하루 만에 이렇게 변하는 건 말이 안 되잖아. 진짜 일이 많았구나?"

"뭐, 그렇지."

그 말에 나는 어색하게 맞장구를 치며 머리를 쓸어내렸다.

"나 궁금한 거 또 있어."

"네네, 다 물어보세요."

"연세희랑 박근은 어떻게 돼? 네가 겪은 미래에서 어떻게 망해?"

정우는 기대를 품고 있는 것 같았다. 그들이 당연히 망하리라는. 입이 딱 닫혔다.

"사실, 둘 다 잘 살아."

연세희는 연예인으로 데뷔해서 대박 드라마의 조연 자리를 꿰차면서 승승장구했고, 박근은 막말 유튜버로 구독자가 30만 명이나 되는 인플루언서가 됐다고 말해주었다.

"어떻게 그럴 수가 있어? 나는 죽으려고 했다면서? 아니, 내가 죽었다면서. 그런데 어떻게 걔들이 잘 살아. 그러면 안 되는 거잖아. 어떻게 그럴 수가 있어!"

정우는 화를 냈다. 그럴 권리가 있었다. 나는 고개를 숙인 채 말했다.

"나도 그랬어. 유기견 봉사 활동 같은 거 하면서 세상 착한
척 구는 게 너무 화나서, 인터넷에 터뜨린 적이 있어. 연세희
가 고등학교 때 어땠는지 전부 적었어. 그래선 안 되는 거니
까."

정우는 숨소리도 죽인 채 나를 보았다. 그들이 어떻게 되
었는지는 너무도 중요한 문제였다. 카르마. 자업자득. 인과응
보. 정우는 그런 말들이 현실에서 이루어졌기를 간절히 바라
는 눈빛이었다.

하지만 나는 배신자라도 된 듯이 입을 열어 지독한 진실
을 알려주었다.

"아무도 내 말을 믿어주지 않았어. 학교에서 연세희와 같
은 반이었다는 애들이 반박 인터뷰를 하고, 소속사에서는 입
막음하겠다고 왔다가 내 꼴을 보더니 사진만 몰래 찍어가더
라. 자꾸 입 나불대면 대한민국이 얼마나 무서운 나라인지
체감하게 해주겠다면서. 다들 나만 피해의식 쩌는 미친년으
로 몰아갔어. 학교에서 있었던 일도 열등감 때문에 꾸며낸
말로 묻혔고."

내가 몰랐던 건, 어떤 사람에 대한 평가가 어느 순간에 마
주치느냐에 따라 달라진다는 사실이었다. 그들이 내 중학생
때 모습을 봤다면, 고등학생 때 모습을 봤다면 그런 말을 하
지 못했을 텐데. 후회가 밀려왔지만 나는 너무 멀리 와버려

서 아무것도 바꿀 수가 없었다.

"그럼 다들 입을 다문 거야?"

"……내 잘못이야. 내가 학교 애들을 싸잡아서 욕했거든. 박근이랑 연세희가 널 괴롭히는데도 모두 모른 척했다고. 방관자라는 울타리에 숨어서 네가 말라 죽어가도록 내버려뒀다고."

"……."

"그리고 그때 내 꼴이 좀, 그랬거든. 가출에, 얼굴 문신에, 알코올 중독에. 사람들 눈에는 연세희가 아니라 내가 일진으로 보였겠지. 내가 살아온 인생이 내 말을 거짓말로 만들어 버렸어. 그래서 술을 더 많이 마셨지. 돈이 떨어질 때까지. 떨어지고 나서도 훔쳐서 또 마셨고. 그러다가 신호등을 제대로 못 봤어."

목이 멨다. 한참 동안 말을 멈춘 뒤에야 간신히 제 목소리로 말할 수 있었다.

"그러니까 난 아니야. 죽고 싶을 만큼 괴로웠지만, 그러려고 도로에……. 내가 진짜 바라던 건 그게 아니었어. 믿어줘."

정우는 나를 바라보며 말했다.

"믿어."

5

나는 잠시 아무 말도 하지 않았다.

정우가 내게 건넨 선물 같은 그 말이, 씨앗처럼 깊숙이 자리 잡기를 기다렸다. 명찰로는 눈길도 주지 않으려고 애썼다. 조급해질까 봐. 숨을 크게 들이마셨다가 조금씩, 천천히 내뱉었다. 지금 숨을 쉬고 있다는 것을 느끼고 그것에 집중했다. 그 끝에 웃음이 나왔다.

"왜 웃어?"

"우리끼리 이러는 거, 좀 웃겨서."

정우는 어리둥절한 얼굴이었다.

"생각해봐. 내가 학교로 다시 돌아온 건 세상이 뒤집어질 만한 큰 사건인데, 너무 소소하잖아. 아까 기회가 있었는데도 박근이랑 연세희 죽어라 패주지도 못했고, 그렇다고 경찰서에 끌려간 것도 아니고. 지금 이게 영화였다면 우리 중에 누구 하나 감옥 가거나 피 흘리면서 끝났을 텐데. 너나 나나 이렇게 앉아서 뭐 하는 건가 싶어서."

"나한텐 이게 기적이야. 날 이해해줄 사람이랑 밑도 끝도 없이 얘기하는 거. 난 이걸로 됐어."

"꿈 좀 크게 가져라. 그게 뭐냐."

"지는."

"나야 뭐 이미 망했고."

"뭘 망해. 내가 죽지 않고 살았으니까, 너도 바뀔 텐데."

정우가 주먹으로 내 어깨를 툭 치며 혼냈다. 차마 말하지 못했다. 거울 속 내가 한 말, 내가 바꾼 현실과 상관없이 나는 내가 있던 자리로 돌아갈 거라던 말을. 입을 꾹 다물었다. 그 말만은 끝까지 하지 않겠다고 다짐했다.

나는 화제를 돌렸다.

"근데 이게 영화였으면 걔네들 참회의 눈물을 흘렸을까. 진부한 결말이라고 욕먹어도 그렇게 끝나면 좋겠는데. 왜 우리는 우리끼리 여기서 이러고 있는 걸까. 이런 재미없는 영화는 아무도 안 볼 텐데."

"아무도 안 봤으면 좋겠어."

정우는 까만 밤하늘을 보며 말을 이었다.

"아무도 안 봐도 괜찮아. 그냥, 이제 됐어. 너는 아니까."

너무 먼 길을 돌아왔다. 정우의 말을 좀 더 일찍 들어주었다면. 어려운 일이 아니었는데. 다시 용기를 냈더라면. 될 때까지 부딪히고 또 부딪혔다면, 벽에 금이 갔을지도 모른다.

"나 핸드폰 좀 빌려줘."

"또?"

정우는 구시렁거리면서도 핸드폰을 빌려주었다. 나는 카톡을 열어 태호에게 메시지를 썼다.

태호야, 오늘 일 네가 한 거 알아. 박근이 시켜서 한 것도 알고, 연세희가 계획한 일이라는 것도 알아. 근데 이거 선생님들도 알아야 해. 모두가 알았으면 좋겠어. 메시지 보면 연락 줘.

전송 버튼을 누르려다가, 핸드폰을 정우에게 내밀었다.

"카톡? 왜……."

정우의 눈이 바쁘게 움직였다.

"너 이거 뭐야."

나는 정우의 눈을 똑바로 응시하며 말했다.

"우리 보내자 이거. 정우야, 말하자."

4

"이런 걸 보내서 뭐 해. 확인도 안 할걸?"

"내가 옆에 있을게. 내가 또 이야기할게."

정우는 날 두고 학교를 떠날 수도 있었다. 핸드폰을 던져 버릴 수도 있었다.

"아무도 안 들어줄 거야. 다들 관심이 없다니까? 듣고 싶어하지 않는다고."

하지만 정우는 그러지 않았다. 그래서일까, 나는 답지 않게 열을 올려 말했다.

"내가 들었잖아. 네가 계속 나를 붙잡아서, 그래서 늦었지만 내가 다시 여기 왔잖아."

"……."

"따지고 보면 이거 말이 안 되는 일이잖아. 내가 어떻게 과거로 돌아와. 이게 말이 돼? 근데 영화 같은 일이 일어났어. 기적도 일어났는데 안 될 게 뭐야."

낯간지러운 말이 나오고 말았다. 지옥으로 돌아온 게 기적이라니. 멋쩍게 웃어서 실수로 치부해버리고 싶은데, 눈시울이 뜨거웠다. 눈물이 고이기 전에 바닥을 내려다봤다.

"나는 보내고 싶어. 핸드폰 있었으면 내 걸로 보냈을 거야."

"이런 거 보낸다고 아무것도 안 바뀌는 거 알지?"

"바뀔 거야."

"진짜 그렇게 믿어?"

"그럼 넌 왜 그렇게 나랑 말하고 싶어했는데? 너도 속으로는 바꾸고 싶었던 거잖아. 아냐?"

정우는 말없이 핸드폰을 주머니에 넣었다. 낮은 목소리로 담담하게 말했다.

"보냈어."

정우는 학교 쪽으로 시선을 돌렸다. 나도 정우를 따라 학교를 보았다. 남자인지 여자인지 알 수 없는 사람이 운동장을 열심히 뛰고 있는 게 보였다. 아무래도 수위 아저씨는 또 자는 것 같았다.

정우가 내게 물었다.

"얼마나 남았어?"

"아직 남았어."

확인하지는 않았지만. 내가 남의 일처럼 말하자 정우가 핸드폰을 들어 내 쪽으로 뻗으려 했다. 카메라가 켜져 있어 거울처럼 내 모습이 비치고 있었다. 나는 얼른 몸을 옆으로 뺐다. 정우가 다시 카메라를 들이밀면 피하기를 반복했다. 끝내 정우가 버럭 화를 냈다.

"너는 궁금하지도 않아?"

"궁금하면 뭐가 달라져? 어차피 줄어들었을 텐데. 설마 시간이 거꾸로 갔겠냐고."

"그래도 확인해야지."

"확인하면 뭘 할 수 있는데?"

정우가 입을 다물었다. 제 딴에는 열심히 궁리하는 것 같았지만, 나는 기대하지 않았다. 기대가 생기면 반드시 실망할 테니까. 이제껏 내 인생이 그랬으니까.

정우가 짐짓 비장하게 말했다.

"주연아, 우리 얘기 그만하자."

"왜?"

"숫자가 자꾸 줄어들잖아. 얘기 말고 다른 거 하자."

"뭐!"

"목소리는 왜 뒤집어져? 무슨 생각한 거야?"

"아니, 이 밤에 너랑, 여긴 아무도 없는데, 얘기를 안 하면 대체……."

"미친 거 아냐?"

"뭐래. 내가 할 소리야!"

"나도 취향이라는 게 있어."

"야, 누군 취향 없냐. 잠깐, 그게 네 목숨을 구해준 은인한 테 할 소리야?"

"어쨌든 지금부터 우리 말하지 말자."

"그럼 뭘 해?"

정우가 기습적으로 핸드폰 카메라를 켜서 들이밀었다. 숫 자를 본 내 눈에 저절로 힘이 들어갔다.

"7? 5? 4? 4구나."

정우는 내 표정으로 숫자를 짐작했다. 우리는 같은 것을 떠올리고 있었다. 숫자 4와 발음이 같은 한자.

정우는 잼잼 놀이라도 하듯 제 오른손을 움직여 보였다. 잼 잼, 브이, 잼.

"뭐야 그게?"

"지금부터 우린 침묵의 공공칠빵을 하는 거야."

3

우리는 오로지 손만 움직였다.

승자와 패자는 매번 갈렸고, 응징은 확실했다. 말없이 인디언밥을 하면서 서로의 등짝을 세게 때리기도 했다. 그렇게 게임 수십 판을 했는데도 숫자는 여전히 3에 머물러 있었다. 한 시간이 훌쩍 지나 어느새 자정에 가까워진 시각이었다.

나는 정우의 등짝을 짝 소리 나게 때리는 것에만 혈안이 되어 아무 생각도 하지 않았다. 그건 정우 역시 마찬가지였다. 제 손이 별로 맵지 않다는 것도 모르면서, 어떻게든 복수하겠다는 일념뿐인 것 같았다. 조용한 가운데 거친 숨소리와 등짝을 내리치는 소리만 났다.

정우 말대로 대화를 하지 않으니 숫자가 줄어들지 않았다. 내가 명찰을 가리키며 숫자가 줄어들지 않는다며 두 손으로 X 표시라도 만들라치면 정우가 내 눈앞에서 박수를 쳤다. 게임에 집중하라는 것이었다. 정우는 아까부터 계속 나한테 지고 있었다. 우리는 운동장으로 옮겨 갔다.

침묵의 공공칠빵 다음은 오징어 게임이었고, 오징어 게임 다음에는 비석치기를 했다. 그런 다음에는 앞구르기로 누가 더 멀리 가는지 겨루었다. 미처 치우지 못한 돌멩이에 허리를 찍힌 정우가 아프다고 온갖 엄살을 부렸다. 나는 손짓으로 정확하게 내 의사를 전했다.

'됐고, 등 대.'

정우는 지금이라도 이딴 거 때려치우자고 할까 고민하는 표정으로 변했다. 그래서 내가 내 명찰을 가리키며 눈을 부라렸다.

'자꾸 이러면 시간이 마구마구 줄어든다. 정신 차려라?'

대충 이런 의미의 사인이었다. 정우는 씩씩대면서도 게임을 이어갔다. 우리는 마치 어린애들처럼 놀았다. 초등학생으로 돌아가기라도 한 것처럼. 아무 생각 없이 오직 다음 게임은 뭘 할까 고민하며 몸을 움직였다.

"타임! 아 타임!"

"타임 같은 소리 하네. 야, 그거 반칙이야. 등 딱 대."

"아, 나 진짜 숨차. 아까 떡볶이 먹은 거 넘어올 것 같다고."

"대체 넌 잘하는 게 뭐냐? 어떻게 게임만 했다 하면 져. 이기는 것도 지겹다 야."

"나도 잘하는 거 있거든?"

"뭐? 공부?"

회심의 일격이었던 듯 정우가 내 말에 바로 꼬리를 내리며 입을 다물었다. 공부를 잘하는 것과 이런 게임에서 이기는 것은 아무 상관 없었다.

"아, 한 명만 더 있으면 좋겠다. 두 명이서만 하니까 계속

밀리는 기분이야."

"경제 쌤 부를까?"

"경제 쌤이면 내가 무조건 이긴다."

"헐. 에바야. 경제 쌤 와도 넌 져."

"내가 왜 져! 쌤보단 내가 훨씬 날렵한데!"

"쌤이 바보냐? 너한테 유리한 게임으로 바꾸겠어? 게임 종목을 씨름 같은 걸로 바꾸면? 그 손으로 등짝 맞을 생각 해 봐. 상상만 해도 등에서 불나."

정우가 웃음을 터뜨렸다.

"웃음이 나오냐."

"웃긴데 어떡해. 너도 웃고 있으면서."

"뭐래."

하지만 나도 이미 웃고 있었다. 깔깔대며 웃다 이러다 수위 아저씨 깨겠다며 나중에는 소리도 내지 못한 채 배를 잡고 웃었다.

"나 이렇게 놀아본 거 10년 만에 처음이야."

정우가 말했다.

"10년?"

"진짜야. 초등학교 4학년 때부터 수학 선행 시작하고, 논술학원 다니기 시작했으니까. 그때부터 애들이랑 놀아본 적 없어."

"나도 중학교 올라가서는 이런 거 안 했던 것 같긴 해. 오랜만에 하니까 좀 재밌네."

"좀? 좀?"

"인정. 간만에 숨차게 재밌었다."

"여럿이면 더 재밌을 텐데."

진짜 우리 말고 더 있었다면. 생각하지 않기 위해 기껏 놀아놓고서는 우리는 각자 생각에 잠겼다.

2

우리는 교문 쪽 벤치로 걸어갔다.

혹시나 학교 밖으로 나갈 수 있을까 확인해봤지만, 역시나였다. 정우는 열린 쪽문을 나갔다 들어왔다 하면서 나를 놀렸다. 얄미운 녀석. 여차하면 허리를 반으로 접어버릴 기세로 노려보고 있는데, 정우가 물었다.

"넌 뭐가 중요해?"

질문에는 '인생에서'라는 말이 괄호 안에 숨겨져 있는 것 같았다. 정우는 궁금한 게 많았다. 어느새 나는 그런 질문 세례에 익숙해져 있었고.

"생각해본 적 없는데. 넌?"

어떤 질문은, 다른 사람에게서 자신이 받고 싶은 질문의

형태를 띠고 있다. 몇 시간 동안 정우와 이야기하면서 알게 된 것이었다. 그런데 아니었나 보다. 내 대답이 싱겁자 정우는 바로 다음 질문으로 넘어갔다.

"그럼 언제가 가장 힘들었어?"

"차라리 힘들지 않았을 때를 물어봐."

"안 힘들었을 땐 언젠데?"

"없어. 내 인생은 항상 구회 말 투 아웃에, 투 스트라이크 쓰리볼 만루였는데?"

정우는 걱정이 가득 담긴 표정으로 나를 보았다. 이제까지 난 사람들이 내 얘기를 알게 될까 봐 전전긍긍했었다. 그런데 내 얘기를 다 털어놓아도 괜찮은 사람이 내 앞에 있었다. 내 이야기를 몹시 궁금해하지만, 그걸 약점으로 잡아 비틀지 않을 애가.

"가출한 해 겨울이, 십몇 년 만에 제일 추울 때였어. 뉴스에서 막 시끄럽게 떠들어대서 기억나. 진짜 살 떨리게 추웠어. 놀이터에서 이것저것 구경하다가 돈도 없고 해서 그냥 한쪽에 앉아 있었는데, 어떤 애들이 생일주라면서 술을 주더라. 걔네가 가출팸이었어."

"너 생일 겨울이야?"

"아니, 봄. 그건 뭐, 지금부터 내가 새로 태어나는 거라나 뭐라나. 팸에 들어오는 기념으로 주는 거래. 그래서 마셨어. 그걸 먹지 말았어야 했는데. 먹지 말고 냅다 달렸어야 했는데.”

나는 말을 잠깐 끊었다.

“학교에서는 시간이 너무 느리게 갔는데, 그래서 답답해 미칠 것 같았는데, 학교 밖에서는 시간이 너무 빨리 가더라. 내가 어디로 가는지도 모르게.”

급류에 휩쓸린 것처럼, 내 인생은 내가 통제할 수 있는 범위 밖으로 갔다. 가출팸에서 겪었던 일들을 말하는 동안, 정우는 그 모든 이야기를 진심으로 들어주었다. 표정을 보면 알 수 있었다.

정우는 내 지나온 삶에 아파하고 눈물 흘렸다. 나 대신.

|

“1이 사라졌어.”

정우가 카톡을 확인하더니 말했다. 태호가 메시지를 읽은 것이다. 답장은 없었지만. 그사이 나는 숫자를 확인했다. 1이 었다. 나는 애써 태연하게 말했다.

“기다려보자.”

시간이 조금만 더 있었다면 어땠을까. 그럼 우리는 바뀌었을까. 하지만 돌이켜보면 내게 시간은 충분히 있었다. 기회

도 있었다. 그 시간을 외면하고 기회를 저버린 대가로 내게
는 지금 마지막 순간만이 남아 있다. 언제 끝날지 모르는.

"근데 정우야. 이걸로 다 된 걸까?"

"무슨 소리야?"

"우리는 아무것도 하지 않았잖아. 참고 또 참기만 했지 어
떤 증거도 남기지 않았어. 어른들이 바라는 것처럼, 아무 일
없다는 듯이 숨겼어. 이렇게 우리끼리 얘기하는 것만으로 충
분한 거야?"

정우는 대꾸하지 못했다. 정우에게는 태호에게 메시지를
보내는 것만으로도 큰 용기가 필요했을 테니까. 너무 몰아붙
이는 게 아닐까.

"곧 떠날 주제에 너한테 이런 말이나 하고, 내가 생각이 없
네. 미안."

정우가 가만히 나를 보며 이름을 불렀다.

"주연아."

"아직 조금 남았어. 아직은 괜찮아."

"……."

"어쩌면 이거 꿈 아닐까. 인생에서 후회되는 마지막 순간
으로 건너가서 다른 선택을 하는 거지. 넌 이렇게 살 수도 있
었다고. 사형수에게 주어지는 마지막 만찬처럼."

눈물이 흘러내리는 게 느껴졌다.

"이게 꿈이었으면 좋겠어? 내가 진짜가 아니었으면 좋겠

어?"

"진짜였으면 좋겠어. 너도 살고 나도 살았으면 좋겠어. 살고 싶어. 바꾸고 싶어. 막 산 주제에 염치 없다는 거 아는데, 이게 끝이 아니었으면 좋겠어."

순간 숨통이 트이는 것 같은 느낌이 들었다. 목구멍을 막고 있던 무언가를 뜯어내기라도 한 것처럼. 정우가 내 손을 꽉 잡고 말했다.

"0을 찍고 나면 반환점을 돈 것처럼 다시 늘어날 수도 있는 거 아닐까?"

말도 안 되는 소리. 하지만 내 입에서는 그 말이 나오지 않았다. 정우가 떨고 있었다. 나도 이렇게 꾹 참고 있는데.

나는 주머니에서 쪽지를 꺼내 정우에게 건네줬다.

"나중에 꼭 필요할 때 써. 아슬아슬한 순간을 견디게 해줄 거야."

쪽지를 받은 정우는 그걸 말없이 주머니에 넣었다.

"예언 하나 해볼까. 내가 가출한 다음 날 온종일 서울을 돌아다니는데, 밤이 되니까 갑자기 비가 내리는 거야. 우산도 없고……."

그때, 거짓말처럼 하늘에서 비가 내리기 시작했다. 평년보다 이르게 장마가 시작되었다. 우리 머리 위로 빗방울이 떨어졌다. 우리는 그대로 서서 내리는 비를 맞았다.

"난 너와 함께한 오늘을 기억하지 못할 거야. 원래 내가 있던 곳으로 가겠지. 원래대로라면 오늘 난 여기 없었으니까."

"……"

내 말을 곱씹는 듯 생각에 잠겼던 정우가 다급하게 물었
다.

"그 팸을 만났다는 놀이터가 정확히 어디야?"

"그건 왜?"

"빨리. 너 숫자…… 놀이터 주변에 뭐 유명한 거 없었어?"

"너 설마……"

"어, 너 찾으러 갈 거야. 그니까 빨리 기억나는 대로 다 말
해."

그때였다. 정우의 눈이 커졌다. 나는 정우의 시선을 따라
내 머리카락 쪽을 보았다. 끝에서부터 색이 서서히 옅어지고
있었다.

"정우야……"

"주연아, 괜찮아. 내 손 꽉 잡아. 아직 시간 있어. 거기가 어
디야? 빨리!"

"나 무서워. 나 만약에 5년 뒤 거기로, 그 차에 치인 도로
위로 돌아가는 거면 어떡해? 나 죽는 거야?"

"아니야. 내가 그 전에 너 찾을 거야. 내가 널……"

그게 마지막이었다.

눈앞에서 주연이 사라졌다. 가지 못하게 막으려고 손을 꽉 붙들었지만, 그런 건 소용없다고 비웃기라도 하듯 시간은 그 애를 데려가버렸다.

주연이는 자신이 시간을 건너 5년 전 과거로 돌아왔다고 했지만, 시간이 다하면 여기서 사라질 거라고 했지만, 어떻게 그런 말이 진짜일 수가 있지. 혹시 내가 환상을 본 게 아닐까. 귀신에 홀린 것만 같았다.

"유주연! 야! 너 어디 있어! 유주연!"

쏟아지는 장대비에 목소리가 묻혔다. 내리는 비를 계속 맞고 서 있을 수는 없었다. 젖으면 안 되는 게 있었다. 굵은 빗줄기를 피해 학교로 뛰어 들어갔다.

방금 사라졌으니 멀리 가지는 못했을 것이다. 나는 서둘러

주머니에서 쪽지를 꺼냈다. 거기에는 11개의 숫자가 적혀 있었다. 핸드폰을 꺼내 번호를 입력하는데 손이 떨렸다. 통화 버튼을 눌렀다. 전화가 걸리지 않았다. 황급히 귀에서 핸드폰을 떼보니, 여전히 비행기 모드가 걸려 있었다. 비행기 모드를 풀고 다시 전화를 걸었다. 이번에는 통화 중이었다.

"누구랑 통화하는 거야. 제발 좀 받아라."

전화를 끊었다 다시 걸었다. 그때, 뒤에서 익숙한 목소리가 나를 불렀다.

"고정우! 너 아직도 집에 안 갔어?"

경제 선생님이 통화 중인 듯 핸드폰을 든 채 내 쪽으로 걸어오고 있었다.

"아, 예. 정우 여기 있습니다. 아, 그게, '아직'이라고 들으셨나요? 잘못 들으신 것 같은데……. 네, 네."

전화를 끊은 경제 선생님이 내 팔을 붙들었다.

"인마, 너희 어머니 난리 났어. 너 데리러 독서실 갔다가 거기 없어서 발칵 뒤집혔나 보더라. 어쨌든 지금 학교로 오실 거야. 근데 너 몸이 왜 이렇게 젖었어? 비 맞은 거야?"

"선생님, 주연이요……."

목소리가 떨려 나왔다. 만약 경제 선생님이 주연이를 모른다고 하면 어떡하지? 오늘 주연이를 한 번도 못 봤다고 하면? 내 기억을 믿을 수가 없었다. 모든 게 뒤죽박죽 뒤섞여서 어지러웠다.

"주연이가 뭐? 설마 걔도 아직 학교에 있어?"

다리에 힘이 풀렸다. 선생님은 주연이를 기억하고 있었다. 그러니까, 오늘 주연이와 있었던 모든 일이 진짜였다. 나는 재차 확인하기 위해 물었다.

"아까 교실에서 떡볶이 같이 먹은 거 맞죠?"

"떡볶이 뒤처리 좀 시켰다고 꽁해서 이러는 거야?"

"그게 아니라……."

입이 다물어졌다. 뭐라고 말해야 하지? 주연이가 사라졌다고? 어디로? 어딘지도 모를 곳으로?

"그게 아니라 뭐?"

경제 선생님이 채근했다.

나는 입술만 달싹이다가 이러다 엄마가 올지도 모른다는 생각에 두서없이 말을 늘어놓았다.

"주연이가 갔어요. 시간이 다해서 가버렸다고요."

49라는 숫자가 다 줄어들어서 주연이 사라졌다, 가출한 건데 사실 그건 어제 일이고, 미래에 차에 치여서 학교로 왔다, 머리카락부터 없어졌다…….

내가 정신없이 이야기하는 동안 경제 선생님은 한 번도 끼어들지 않았다. 무슨 말을 하는 거냐고 다그치지도 않았다. 쓰레기 수거장에서 박근과 연세희를 마주쳤던 이야기를 하는데, 학교 정문 쪽에서 경적이 들렸다.

경제 선생님도, 나도 움직이지 않았다. 경적이 한 번 더 울렸다.

"주연이가 숫자랑 같이 사라졌다는 게 무슨……."

"선생님도 안 믿기시죠?"

"아니, 이게 믿고 말고가 문제가 아니라……."

경적이 이어졌다. 학교 정문을 빨리 열라고 재촉하는 것이었다.

"거참, 되게 빵빵거리네. 네 어머니 성격도 참."

경제 선생님이 건물 밖으로 뛰어나갔다. 우산도 없이. 다시 돌아온 선생님은 온몸이 흠뻑 젖은 채 혼란스러운 듯 말했다.

"정우야, 방금 말한 거 일단 아무한테도 이야기하지 마."

"왜요?"

"사람들이 안 믿을 거 아냐. 오늘 아침에 있었던 일도 그렇고, 네가 충격 받아서 횡설수설한다고 치부할 테니까 일단은 혼자만 알고 있어."

"그럴 시간이 없어요. 주연이가 사라졌다니까요."

"그것도 내가 확인해볼게."

"혹시 주연이 소식 들으면 저한테도 바로 알려주세요. 제 번호는요……."

"네 번호 있어. 아까 네 어머니가 너랑 전화가 안 된다고 난리서 번호 받아서 저장해뒀어. 네 어머니 오셨다."

"정우야!"

마침 엄마가 문을 열고 들어오는 모습이 보였다. 뺨이라도 때릴 줄 알았는데, 비에 흠뻑 젖은 내 꼴을 보곤 사색이 되어 어떻게 된 일이냐고 물을 뿐이었다. 경제 선생님이 내 대신 대답했다.

"정우가 오늘 하루 많이 힘들었나 봐요. 그럴 만도 하죠. 경제 시험 때 그런 일이 있었는데. 제가 잘 말했습니다. 아무 생각 말고 다음 주 재시험에 집중하라고. 몇 가지 조언도 좀 해줬고요."

엄마는 경황이 없는 와중에도 경제 선생님이 말한 '조언'에 눈이 커졌다. 그것을 특별 과외쯤으로 생각했는지 선생님에게 고맙다며 짧게 인사했다.

차에 올라타 집에 도착할 때까지, 엄마는 왜 그 시간에 학교에 있었는지는 묻지 않았다. 엄마가 물은 건 경제 선생님이 어떤 조언을 해줬는지였다. 엄마에게 시험은 아직 끝나지 않은 것이었고, 모든 신경이 거기 쏠려 있었다. 나는 차창에 고개를 박은 채 아무 대꾸도 하지 않았다. 아빠는 집에 없었다. 내려오던 도중에 서울에서 긴급 수술이 잡혀 차를 돌렸다고 했다.

내 방으로 들어와 문을 닫자 핸드폰이 짧게 진동했다. 모르는 번호로부터 온 메시지였다.

지금은 밤이 너무 늦었으니까, 내일 다시 얘기하자. 나도 생각 좀 정리해야겠다.

경제 선생님 같았다. 그런데 번호가 이상하게 익숙했다. 통화 목록을 열어보니, 아까 학교에서 전화를 걸었던 번호였다. 주연이 쪽지에 적어준 건 경제 선생님 번호였다. 그래서 아까 통화 중이었던 거구나. 나도 모르게 한숨이 나왔다. 이게 아슬아슬한 순간을 견디게 해줄 거라더니, 경제 선생님일 줄이야.

왜 주연은 제 핸드폰 번호가 아니라 경제 선생님 번호가 적힌 쪽지를 준 걸까. 잠깐 의아했지만, 답은 금방 나왔다. 차에 치인 뒤에 이곳으로 왔다고 했으니까. 어쩌면 자신이 사라지고 없을 가능성도 헤아려봤을 것이다. 주연이 어떤 마음으로 경제 선생님 번호를 건네줬을지 상상조차 할 수 없었다. 깊은 물속으로 가라앉는 것처럼 마음이 무거웠다.

주연은 어제 자기 앞에서 번호를 지우라고 소리 질렀다. 가까이 오지 말라고, 들러붙지 말라고. 아마도 그 애에게는 아득한 옛일이겠지만. 그래서 지웠다. 하지만 핸드폰 기록일 뿐이었다. 나는 눈을 감고 심호흡을 했다. 번호를 지우면서 본 숫자가 희미하게 떠올랐다. 나는 재빨리 숫자를 외워 핸드폰에 입력했다. 전화를 걸었다.

주말 내내 주연의 핸드폰은 꺼져 있었다.

✦

월요일이 왔다.

아침부터 학교가 시끄러웠다. 주연이 사라졌다는 이야기가 학교에 쫙 퍼져 있었다.

"금요일에 학교 끝나고 주연이랑 따로 연락하거나 만난 사람 없니?"

담임이 초췌한 얼굴로 들어와 물었다. 아무도 대답이 없었다. 몇몇이 고개를 돌려 주연의 빈자리를 보았다. 시야에 박근이 들어왔다. 맨 뒷자리에 앉은 박근은 광대뼈 쪽에 반창고를 붙인 채 살벌한 눈빛으로 주연의 빈자리를 쏘아보고 있었다.

박근이 시선을 느꼈는지 내 쪽을 바라봤다. 무표정한 얼굴이었다. 주연의 빈자리를 사이에 두고 나와 박근은 서로를 마주 보았다. 나는 이내 몸을 돌려 앞을 보았다.

"다른 반 애들한테 무슨 이야기라도 들으면 바로 쌤한테 말해주고. 태호랑 정우는 교무실로 오렴."

교무실에 불려 간 태호는 커닝 쪽지는 자신이 작성한 게 아니라고 끝까지 잡아뗐다. 담임이 태호를 추궁하는 동안 나는 바닥을 보며 침묵했다. 한숨을 내쉰 담임이 이번에는 내게 물었다.

"금요일 아침에 잠깐 화장실 다녀온 거 빼고는 자리 비운 적이 없다고?"

"네."

선생님들은 우리를 한쪽에 세워놓곤 낮은 목소리로 의논했다. 태호는 입을 꾹 다문 채 창밖만 바라보고 있었다. 글씨체만 가지고 태호를 계속 의심할 순 없을 것이다. 태호 어머니는 학교로 찾아오지 않았다. 선생님들이 말하지 않은 걸까. 만약 이 일이 엄마들 귀에 들어가면 태호는 어떻게 될까.

그 후 담임은 반 아이들을 하나하나 불러 혹시 금요일 아침에 본 것이 없는지 물어보았지만 증인도, 증거도 없었다. 그날 아침이면 어렵게 출제될 거라는 국어 시험 직전이어서 교과서며 문제지를 정신없이 들여다볼 때라 다들 다른 애들에게는 관심이 없었을 것이다.

2교시 쉬는 시간 종이 울리고 나서야 교무실을 나올 수 있었다. 복도로 나오자마자 나는 앞서 걸어가는 태호에게 말을 걸었다.

"태호야, 나랑 잠깐 얘기 좀……."

"너랑 할 얘기 없어."

태호는 내 대답 따위는 듣지 않겠다는 듯 제 할 말만 하고는 성큼성큼 걸어 먼저 교실로 들어갔다. 교실 문을 여니 시끄럽게 떠들던 애들이 나를 보고는 입을 딱 다물었다. 반장이 내게 와서 알려주었다.

"경제 재시험 날짜 잡혔어. 수요일 1교시래."

"어, 고마……."

반장은 내 말이 끝나기도 전에 제자리로 돌아갔다. 애들이 내 쪽을 흘금거리고 있었다. 습관적으로 나온 말이었지, 나도 진짜 고맙지는 않았다고 쏘아주고 싶었지만, 입을 다물었다. 눈이 자꾸만 뒤쪽으로 향했다. 주연의 빈자리가 크게 보였다.

시간은 빠르게 지나갔다. 경제 선생님은 주말 내내 새 시험 문제를 내느라 골머리를 앓았다며 투덜댔다. 박근도, 연세희도 잠잠했다. 연세희는 금요일 이후 학교를 나오지 않았다. 오디션에 붙었다는 소문이 돌았지만 나는 진짜 이유를 알고 있었다. 얼굴에 난 상처가 나을 때까지 학교에 나오지 않는 것이다. 정신없이 월요일과 화요일이 지나갔다.

경제 재시험이 있었던 수요일, 나는 문제를 성실하게 풀어 답안지를 냈다. 가채점해보니 서술형 문제 하나를 틀렸을 뿐이었다. 그걸 맞춘 애가 한 명도 없다는 말이 돌 정도로 어려운 문제였다. 평균 점수가 낮은 것을 훈장처럼 받아들인 경제 선생님은 혼자 유독 밝은 얼굴로 돌아다녔지만, 채점이 끝난 뒤 옆 반에서 수행평가와 서술형을 포함해 경제 만점자가 나오자 어깨를 축 늘어뜨리고 시무룩해했다. 경제 선생님다웠다.

엄마는 내가 경제 시험에서 한 문제밖에 안 틀렸다는 사실에 안도했다. 그 후로 몇 번 학교에 전화하는 것 같았지만 딱히 커닝 사건에 대해 캐묻지는 않았다. 시도 때도 없이 엄마에게 연락을 하던 태호 어머니로부터 갑자기 연락이 끊긴

걸 빼고는, 달라진 것도 없었다. 엄마는 겨울 방학 때 내게 붙일 과외 선생님들을 일일이 면접 보느라 바빴다.

나는 금요일 점심시간에 경제 선생님에게 갔다. 선생님은 점심을 건너뛰고 내게 시간을 내줬다.

"주연이 소식 들었어?"

"못 들었어요."

"너희 담임이 교무실에서 전화하는 거 들었는데, 주연이 아버지가 서울에서 애를 찾았는데……"

"찾았대요?"

"근데 집으로 데려온 지 몇 시간 만에 다시 나갔대. 이번엔 돈이랑 옷이랑 싹 다 챙겨서. 아무래도 찾기 쉽지 않을 것 같다."

"핸드폰은 계속 꺼져 있던데……"

"나도 가출한 애들이 어떻게 생활하는지는 잘 몰라서 어디서부터 시작해야 할지 모르겠네."

"아마 서울에 있을 거예요. 제가 주말마다 서울 가니까, 찾아볼게요."

"나도 선배들한테 연락처 받은 쉼터들이 있어서 계속 전화 돌려볼 거야. 근데 너 괜찮냐?"

"뭐가요?"

"그, 박근이랑 연세희 말이야. 요즘은 조용해?"

"그날 주연이가 완전 뒤집어놔서 그런지 조용해요."

"그럼 다행이긴 한데, 이대로 넘어갈 생각이야?"

"……."

"너도 생각이 많을 텐데. 그 문제는 나중에 다시 이야기하자."

하지만 학교에서 경제 선생님과 이야기할 수 있었던 건 그날이 마지막이었다. 휴직을 냈던 원래 경제 선생님이 예정보다 빠르게 복직 신청을 했고, 기간제로 있던 경제 선생님은 다른 학교로 가게 되었기 때문이다. 오랜 시간 끝에 정식 교사로 가는 것이라 축하할 일이었지만, 내게는 마냥 좋은 일만은 아니었다.

여름 방학 동안에도 경제 선생님과의 문자는 계속됐다.

쉼터 같은 데는 연락 없어요?

어. 어디로 숨었는지 도통 찾기가 어렵네.

저도요. 학원 끝나면 여기저기 돌아보고 있긴 한데, 어디 있는 건지 감도 못 잡겠어요.

작정하고 나간 거니까.

반톡에는 주연에 대한 이야기가 전혀 올라오지 않았다. 학교에서도 마찬가지였다. 하루가 지나고 이틀이 지나고 사흘이 지나면서 주연이 사라졌다는 이야기는 더 이상 화젯거리로 오르지 않았다. 처음 하루이틀은 출석을 부를 때 주연이 학교에 오지 않았는지 묻는 선생님들이 있었지만, 이제는 아무도 주연의 이름을 입에 올리지 않았다. 주연이는 학교에 친구가 없었다. 나처럼.

서울 시내 놀이터란 놀이터는 다 찾아다녔다. 주연이는 겨울에 놀이터 한쪽에서 가출팸을 만났다고, 그때부터 모든 게 엉망이 되었다고 했으니, 무조건 그 전에 찾아야 했다. 놀이터만 보이면 들어가서 혹시 무슨 흔적이라도 없을까 살폈다. 겨울 한파가 찾아올 때까지 손 놓고 있을 순 없었다. 경제 선생님과 함께 찾아간 청소년 쉼터에서 들으니, 가출 한 여자애들은 거리에서 특히 더 위험하다고 했다. 자세히 묻지 않아도 알 것 같았다.

방학이 끝날 때쯤, 문득 주연이 한 말을 곱씹다 좀 이상하다는 생각이 들었다. 주연이는 놀이터에서 이것저것 구경하다가 가출팸을 만났다고 했다. 하지만 놀이터 수십 군데를 돌아보아도 마땅히 구경할 만한 건 없었다. 놀이터에서 노는 아이들을 구경한 걸까 짐작하기에는, 혹한에 노는 애들이 있었을 것 같지 않았다. 그곳에는 무엇이 있었던 걸까? 주연은 무엇을 구경한 것이었을까?

혹시나 싶어 쉼터에 물어보았다. 구경할 만한 게 있는 놀이터가 어딘지 아느냐고. 복지사들은 내가 무슨 말을 하는지 모르겠다는 표정을 지으면서도 알아보고 연락을 주겠다고 했다. 나 역시 내가 뭘 묻고 있는 건지 몰랐다.

여름 방학이 끝날 때쯤에야 알게 되었다. 서울에 있는 몇

몇 놀이터에서는 프리마켓이 열린다는 걸. 물론 주연이 본 게 정말 프리마켓일지는 알 수 없었다. 무엇보다 프리마켓은 매주 열리지도 않았다.

나는 지푸라기라도 잡는 심정으로 토요일이면 프리마켓이 열리는 놀이터들을 돌았다. 하지만 주연이는 보이지 않았다.

✦

2학기가 시작되었다.

무소식이 희소식일 거라고 믿으며 하루하루가 지나갔다. 원래 경제 선생님이자 내게는 새로운 경제 선생님인 여자 선생님이 출산을 마치고 돌아왔다. 선생님은 추석 연휴가 끝난 첫날, 나를 상담실로 불렀다.

"연휴 때 한 선생님이 갑자기 롤케이크를 들고 찾아왔었어. 너랑 주연이 얘기를 좀 하고 싶다고."

새 경제 선생님은 본인에게도 직접 듣고 싶다며 나를 상담실로 부른 거였다. 나는 주연이 시간을 건너왔다는 사실은 빼고 박근과 연세희를 중심으로 이야기했다.

"주연이는 아직 돌아오지 않았고, 커닝 사건은 흐지부지 됐던데. 너는 괜찮니?"

마주치는 선생님들마다 내가 괜찮은지 물었다. 하지만 나는 내가 괜찮은지보다 주연이가 괜찮은지가 더 걱정이었다.

한 시간쯤 이야기하고 상담실을 나오는데, 복도에 박근이 서 있었다. 나를 발견한 박근이 한쪽 입꼬리를 올렸다. 웃는 건지 화가 난 건지 알 수 없었다. 곧 학폭위가 열릴지도 모른다는 소문이 돌자 반에는 팽팽한 긴장감이 맴돌았다. 연세희는 연예인들이 많이 다니는 학교로 전학을 간다는 소문도 있었다.

내가 상담실에서 나오는 걸 본 지 얼마 지나지 않아 박근은 나를 다시 때리기 시작했다. 나는 저항하지 않았다. 때리면 때리는 대로 맞았다. 그러자 바로 다음 날부터 연세희가 학교에 나오기 시작했다.

나는 용돈을 모아 초소형 카메라를 잔뜩 샀다. 그걸 학교 곳곳에 설치했다. 박근이 날 자주 부르는 곳 위주로. 누구한테 말해봤자 안 될 거라는 걸 알았기 때문에 혼자, 조용히 움직였다. 배터리 지속 시간과 각도가 잘 맞아야 했기 때문에 증거 영상을 담는 건 쉽지 않았다. 하지만 몇 개는 건질 수 있었다.

박근에게 나는 더 이상 심심풀이 땅콩이 아니었다. 철저하게 짓밟아야 하는 보복 대상이었다. 이제 박근을 쫓아다니는 무리가 없었지만, 박근은 혼자서도 강했다. 싸움으로는 녀석을 이길 수 없었다.

"그럼 그 애들이 떠나게 만들어. 학폭으로 신고해."

주연이 했던 말들을 동아줄처럼 붙잡고 이를 악물고 버텼다.

"내가 죽을 장소는 여기가 아니야."

"너 죽는다는 거 거짓말이라고. 너 오늘 안 죽어."

매 순간 주연의 말을 부적처럼 붙잡고 견뎠다. 내 인생에서 방관자로 사는 건 이제 지겨웠다. 주연이도 살고, 나도 살 것이다.

2학기 중간고사 때 처음으로 1등을 놓쳤다. 놓친 정도가 아니었다. 전교 50등 밖으로 밀려났다. 일부러 그런 건 아니었다. 주말에는 부모님 몰래 주연이를 찾아다니고, 평일에는 박근이 내게 어떤 짓을 하는지 증거를 모으는 데 신경 쓰다 보니 자연스럽게 떨어진 것이었다.

하지만 예상과 달리 체벌은 없었다. 체벌 따위로 잡힐 문제가 아니라는 판단이 들었는지, 부모님은 늦기 전에 전학을 가야겠다면서 내신 따기 좋은 다른 학교를 알아보기 시작했다.

그렇게나 원하던 일이었는데, 전혀 기쁘지 않았다. 나는 전과 달라져 있었다. 이대로 도망가고 싶지 않았다. 하지만 부모님께 내 결심을 솔직하게 말한다 해도 전해지지 않을 게 뻔했다. 그래서 나는 다른 이야기를 했다.

"애들이 저 괴롭히는 거 선생님께 말씀드렸어요."

"왜 그런 쓸데없는 짓을 했어? 어떤 선생님이야?"

엄마는 상황을 수습하기 위해 당장이라도 학교에 전화할 기세였다. 내가 성적 떨어진 게 다 그들 탓이라면서. 나는 담담하게 말을 이어나갔다.

"전학 가고 싶지 않아요. 엄마 말대로 다른 데 가면 자소서가 불안하잖아요. 그리고 자소서는 역경을 딛고 일어선 이야기가 좋대요. 자소서 3번이 학교 생활 중 배려, 나눔, 협력, 갈등 관리를 실천한 사례를 쓰는 거예요. 거기에 쓸 수 있어요."

엄마는 다소 혼란스러운 눈치였다. 나는 연습한 말을 최대한 자연스럽게 늘어놓았다.

"대학교에서 좋아하는 성적은 상승 곡선이잖아요. 밑에서부터 차근차근 성적을 올린 노력을 더 높이 산다고 그랬어요. 그러니까 이번에 성적 떨어진 것도 괜찮아요. 다시 올리면 오히려 자소서 쓰는 데 더 좋을 수 있어요."

내가 쓰는 수가 치졸하다는 걸 알았지만, 상관없었다. 내 인생을 꽉 붙들려면 거짓말로라도 이 학교에서 버티는 게 중요했다. 부모님은 이해하지 못하겠지만. 그리고 부모님은 아직 모르지만, 나는 수시를 쓸 생각이 없었다. 무조건 정시로 갈 생각이었다. 정시에는 자소서가 필요 없었다. 수시를 택하는 순간 어떻게든 부정이 개입할 수밖에 없다는 사실을 알고 있었다. 나는 그게 어디든 무조건 내 힘으로 대학에 가겠다고 마음먹었다.

다음 날 엄마는 오랫동안 담임과 통화했다. 담임은 자소서에 어느 정도 드라마가 필요하기는 하지만 학폭위는 너무 민감한 문제일 것 같다며 반대했다. 엄마는 서울의 입시 컨설팅 업체를 돌면서 자소서 방향에 대해 상담을 받았다.

그사이 새 경제 선생님은 내가 제출한 증거 영상으로 교감 선생님을 움직여 학폭위를 열었다. 교장은 학부모로부터 뇌물을 받은 혐의로 감사를 받고 있어 학폭위 문제에 신경 쓸 겨를이 없었다. 학폭위 날짜는 기말고사 뒤였다.

겨울이 오고 있었다. 올해는 이상하리만치 따뜻했다. 평년 대비 기온이 높고, 첫눈 소식도 늦어 이상기후라는 말이 뉴스에 자꾸 오르내렸다. 주연이 말한 혹한이 올 것 같지가 않았다. 나는 불안함에 하루에도 몇 번씩 기상청 웹사이트를 들락거렸다. 십몇 년 만에 제일 추울 때, 분명 그때가 올 것이다. 와야 한다. 그날이 마지막 기회였다. 서울에 갈 때마다 나는 계속 놀이터들을 순례했다. 겨울로 접어들고 나서 프리마켓이 더 이상 열리지 않는 곳도 있었지만, 몇몇 프리마켓은 여전히 열리고 있었다. 하지만 수많은 인파 속에 주연은 없었다.

박근은 여전히 쉬는 시간마다 사물함 위에 앉아 농구공을 날렸다. 실수인 척하고 던진 공은 매번 태호를 향해 날아갔다. 학폭위가 열리기도 전에 타깃은 바뀌었다.

수업이 끝난 뒤 나는 태호에게 갔다. 태호는 쉬는 시간마다 박근을 피해 1층 교직원 화장실에 처박혀 있곤 했다. 나는 태호가 화장실에서 나오기를 기다렸다. 태호는 날 보자마자 피해 가려고 했지만, 나는 태호 앞을 가로막았다.

"기말고사 끝나고 학폭위 열리는 거 알지?"

"그래서 뭐?"

"같이 하자."

태호는 코웃음치더니 이내 고개를 돌렸다.

"난 전학 갈 거야."

"태호야."

"이거 봐. 난 전학 갈 거라고. 니들 일에 나 끌어들이지 마."

"이게 어떻게 니들 일이야? 네 일이기도 하잖아."

"야, 까놓고 말해서 너랑 유주연이 지랄하지만 않았어도 여기까지 안 왔어."

"……그럼 내가 어쩔까? 그냥 맞을까?"

태호는 대답 없이 내 손을 뜯어내곤 앞서 걸어가기 시작했다. 나는 태호를 다시 한 번 붙잡는 대신 USB를 꺼내 내밀었다.

"뭐, 어쩌라고."

"몇 달 전부터 찍은 거야. 박근이 나 때리는 거 증거 모으려고. 여기 너도 찍혀 있더라."

태호는 미간을 찌푸렸다. 박근은 나에게 하던 것보다 더 심하게 태호를 괴롭혔다. 어둠 속에서 폭력은 매 순간 진화했다.

"나도 너처럼 전학 가고 싶었어. 근데 지금은 아니야. 잘못

한 건 너도 아니고 나도 아닌데 우리가 왜 그래야 돼?"

"지랄한다."

나는 태호의 말에는 대꾸하지 않고 자켓 주머니에 USB만 넣고 돌아섰다. 바람이 쌀쌀했다. 어느덧 초겨울이었다.

✦

새해를 앞둔 주말의 서울은 놀랄 만큼 붐볐다. 물론 내가 찾아다닌 놀이터들은 텅텅 비어 있었지만. 별 소득 없이 놀이터 수십 군데를 돌아본 뒤 홍대 놀이터로 향했다. 프리마켓이 열리는 곳이기도 했고, 서울 지리에 익숙지 않은 주연도 알 만큼 유명한 곳이기도 해서 늘 마지막엔 홍대 놀이터에 들렀다.

오늘은 십몇 년 만에 추운 날이 아니었다. 그런 날은 올해가 끝나가는 지금까지도 오지 않았다. 지구와 태양의 거리가 갑자기 가까워지기라도 한 것처럼 따뜻한 겨울이었다. 장기 예보를 보아도 평년보다 따뜻한 겨울이 될 거라는 말뿐, 갑작스러운 혹한이 닥칠 거라는 말은 없었다. 찾을 수는 있을까, 사실 주연이는 정말로 차도 위로 돌아간 게 아닐까, 하는 생각이 시시때때로 들곤 했다.

버스에서 내려 놀이터로 걸어가는데 무언가 차가운 것이 코끝에 닿았다. 눈인가? 싶어서 하늘을 올려다봤지만 온통

검기만 했다. 그때였다. 저만치 앞쪽에서 비명소리와 고함소리가 들려왔다. 사람들의 얼굴에 호기심이 떠올랐지만 길을 꽉 메우다시피 한 인파 때문에 무슨 일인지 알 수 없었다.

"이거 진짜 또라이 아냐?"

어떤 남자가 소리쳤고,

"꺼져, 성추행범 주제에!"

어떤 여자가 소리쳤다.

아니, 어떤 여자가 아니었다. 알 수 있었다. 이건 주연의 목소리라는 걸. 나는 인파를 헤치고 그들 가까이로 다가갔다. 술에 취해서인지 아니면 흥분해서인지 얼굴이 벌게진 남자 앞에 주연이 서 있었다. 하지만 이름을 부를 새도 없었다. 남자가 주연을 때릴 것처럼 팔을 올리고 있어서였다. 나는 그대로 몸을 날려 남자를 들이받듯이 밀었고, 남자는 땅바닥에 쓰러졌다.

"도와주세요! 이 아저씨가 제 친구 때리려고 했어요!"

남자가 몸을 일으키기도 전에 내가 소리치자 흘끔거리며 지나가기만 하던 사람들이 조금씩 다가오기 시작했다. 남자는 뭐라고 중얼거리더니 다가오는 사람들을 사납게 밀치며 도망쳤다.

주연이 역시 도망치려 했지만 몸이 얼었는지 사람들을 헤치고 나가지도, 달리지도 못했다. 오히려 발이 꼬여 넘어져 버렸다. 다시 일어나려는 주연이를 누군가 거대한 덩치로 거의 덮어버리듯이 붙잡았다. 경제 선생님이었다. 그러니까, 출산 휴가를 낸 경제 선생님 대신 기간제로 왔던 경제 선생님.

경제 선생님은 날 향해 엄지를 치켜들었다. 늦게 온 주제에 엄지는 무슨. 그래도 역도 선수처럼 주연을 딱 잡고 서 있는 모습을 보니 안도감이 들었다. 나는 뒤늦게 아파오기 시작한 허리를 부여잡고 주연이에게 다가갔다.

"다행이다. 늦지 않아서."

"뭔 개소리야. 이거 안 봐!"

나는 주연이의 눈을 응시했다. 주연이는 그날을 기억하지 못했다. 그날의 일은 환상이었을까. 아니, 환상이 아니었다. 주연이가 여기 있으니까. 십몇 년 만에 가장 추운 날도 아니었고, 놀이터도 아니었지만.

주연이는 덫에 걸린 짐승처럼 계속 도망가려 들었다. 오래도록 이 순간만 상상하고 기다려왔기에, 나는 주연이의 양팔을 붙잡고 침착하게 말을 이었다.

"널 더 일찍 찾고 싶었어. 하지만 경찰은 우리 이야기를 믿어주지 않았어. 참, 경제 쌤은 이제 정식 교사야. 우리 학교는 아니고, 옆 동네 다른 학교에 발령이 나셨거든."

경제 선생님은 숨은 공로자가 바로 자신이라고 거들먹거리면서 미소 지었다. 그러고는 오랜만에 만난 주연이의 정수리를 꾹꾹 눌렀다. 강아지를 쓰다듬기라도 하듯이. 당연히 주연이는 싫어했지만. 경제 선생님이 내게 눈짓했다. 둘이 이야기하게 자리를 비켜줄까? 묻는 것이었다. 나는 고개를 끄덕였다.

"뭐라는 거야. 니가 뭔데 지랄이야!"

여기 오기까지 얼마나 많은 낮과 밤 동안 경제 선생님과 내가 헤매고 다녔는데, 우리의 노력을 한마디 욕으로 정의해 버리다니. 화가 나기도 하고 서운하기도 했지만, 그 모든 감정을 넘어서 기뻤다.

끝내 찾았으니까. 드디어 만났으니까.

"주연아, 우리 다시 학교로 가자."

"미쳤어?"

"학폭위가 곧 열릴 거야. 너랑 내가 당한 일 다 이야기하자."

주연이의 머리카락은 내가 마지막으로 기억하는 주연이의 모습과 달랐다. 핑크색 머리카락 중간중간에는 노란기가 도는 머리카락과 잿빛에 가까워 보이는 머리카락이 섞여 있었다. 염색을 한 지 좀 됐는지 정수리는 까맸다. 코끝에 다시 한 번 차가운 것이 내려앉았다. 정말 눈이 오려나, 생각하는 순간 아주 작은 눈송이가 나풀나풀 내려오는 것이 보였다.

"너 가출하고 다음 날인 7월 12일 금요일, 기억 잘 안 나지?"

주연이는 대답하지 않았지만, 이제는 알 수 있었다. 오답이어서 대답을 하지 않는 게 아니라, 정답이어서 대답을 하지 않는 애라는 걸.

"그럴 줄 알았어. 네가 만약 다 기억했다면, 너는 분명히 학교로 돌아왔을 거야."

주연이는 미간을 찌푸린 채 이해할 수 없다는 눈으로 나를 보았다. 나는 그날의 마지막 순간처럼 주연이의 손을 꽉 잡고 말했다.

"그날, 네가 잃어버린 시간 동안 무슨 일이 있었는지 다 말해줄게."

점점 더 많은 눈송이가 주연이의 머리 위로, 어깨 위로 내려앉았다. 나는 오래도록 준비한 말을 꺼냈다.

"네가 갑자기 미래에서 학교로 돌아왔어. 기적처럼."